검지의 힘

이선주 장편소설

2025년 4월 30일 초판 1쇄 발행
2025년 10월 10일 초판 3쇄 발행

펴낸이 한철희 | 펴낸곳 돌베개 | 등록 1979년 8월 25일 제406-2003-000018호
주소 (10881) 경기도 파주시 회동길 77-20 (문발동)
전화 (031) 955-5020 | 팩스 (031) 955-5050
홈페이지 www.dolbegae.co.kr | 전자우편 book@dolbegae.co.kr
블로그 blog.naver.com/imdol79 | 트위터 @Dolbegae79 | 페이스북 /dolbegae

편집 강정윤
표지 디자인 김민해 | 본문 디자인 김민해·이연경
마케팅 고운성·김영수 | 제작·관리 윤국중·이수민·한누리
인쇄·제본 영신사

ISBN 979-11-94442-14-1 (44810)
ISBN 978-89-7199-432-0 (세트)

ⓒ 이선주 2025

- 이 책 내용의 전부 또는 일부를 재사용하려면 반드시 저작권자와 돌베개 양측의 동의를 받아야 합니다.
- 책값은 뒤표지에 있습니다.

검지의 힘

이선주 장편소설

차례

1. **검지는 검지만의 사정이 있다!** 9
   슬정아

2. **영웅은 아무나 된다** 54
   호여준

3. **우정은 강물처럼 흐른다** 94
   정영인

4. **모든 일은 되돌아온다** 125
   유익표

5. **여름은 반드시 지나간다** 143
   김별

6. **검지의 힘을 너에게** 169
   연하지

작가의 말 172   추천의 글 176

꿈을 꿨다.
너무 생생해서 혹시 지금 내가 있는 곳이 꿈속이고
꿈이라고 생각했던 게 현실인 것만 같았다.
눈가에 손을 가져다 대니 물기가 만져졌다.
누군가 나에게 말했다.

나한테 힘이 있었으면 좋겠어.

'나도 그래, 나도 내게 힘이 있었으면 좋겠어.'
속으로 말했다.

그러나 그 힘이 검지의 힘일 줄은 상상도 못 했다.
정확히 말하면 상상하고 싶지 않았다.
누가 주먹도 엄지도 아닌 검지의 힘을 원할까.
고작 검지의 힘으로 무얼 할 수 있다고.

1\. **검지는 검지만의 사정이 있다!**   슬정아

   세상은 뜬금없다. 원하는 건 아무리 빌어도 주지 않는데 원한다는 자각조차 없던 건 줘 버린다. 이런 데다 내 인생의 행운을 몽땅 꼬라박은 건 아닌지 걱정도 된다. 내가 이런 말을 하는 이유는 원치 않는 걸 얻었기 때문이다.

   아주 솔직히 말하자면 처음 그 능력이 생겼을 땐 신기하기도 했다. 누군가 나를 골탕 먹이는 건 아닌지 생각해 봤는데, 나는 자기 객관화가 뛰어난 편이라 누가 나한테 그런 걸 할 리가 없다는 걸 바로 깨닫고는 내 능력을 받아들였다.

   "야, 조심해."

   영인이 눈짓을 했다. 또 방심했다. 무심코 음료수 페트병에 힘을 주고 있었다. 이게 참 말이 애매한 게 힘을 준 게 아니라 그냥 잡고 있었다는 게 맞다. 그 능력이 생긴 후로는 극도로 조심했기 때문에 점점 검지에 힘을 빼는 게 습관화됐다. 그러

나 가끔 무의식중에 힘을 주면 이런 일이 생긴다.

녹차 페트병에서 검지가 닿은 부분만 쏙 들어가 버리는 일.

"진짜 귀찮아 죽겠네."

내 능력을 아는 사람은 영인이밖에 없다. 검지의 힘만 천하장사만큼 강하다고 하면, 허언증이라고 뒷담화를 듣게 된다는 걸 알게 된 후 눈에 띄지 않게 조심하고 있다. 간혹 능력을 보여 주면 유튜브를 찍자거나 방송국에 제보하자는 아이도 있어서 조용히 살자는 내 신조에 어울리지 않는다.

유명해져라, 그럼 똥을 싸도 박수 쳐 줄 것이다, 라는 말도 있지만 한편으로는 유명해진 상태로 똥을 싸면, 바지에 똥 싼 애 중에 가장 유명한 애가 되는 것이다. 유명하지 않으면 그냥 바지 하나 버리고 끝날 일인데.

그러니 이다음에 유명해지지 않은 채 돈을 벌어야 하는데, 아직 어떤 식으로 돈을 벌지는 생각하지 못했다. 어느 날 눈을 떴더니 검지에 힘이 생긴 것처럼(실은 자고 일어난 직후에 생긴 건지 좀 지난 후에 생긴 건지도 확실하지 않다) 돈벼락을 맞고 싶다. 돈벼락을 맞으면 아플까? 그래도 눈과 입은 웃고 있을 것 같다.

그리고 이런 쓸데없는 생각을 하는 데 하루 대부분의 시간을 쓴다.

영인이와는 같은 아파트에 산다. 엄마는 학교가 코앞인데 굳이 같이 갈 필요가 있냐고 하지만 시간이 중요한 게 아니다.

아침에 눈을 뜨자마자 할 말이 너무 많아서 얼른 토해 내지 않으면 견디지 못한다. 밤사이 있었던 일을 빠르게 말하고 나서야 하루가 시작된다.

"또 저래."

교실에 도착하자마자 영인이 한숨을 내쉬었다. 정말 쟤 때문에 하루를 늘 불안한 마음으로 시작한다. 호여준 뒤에 앉은 유익표가 어깨를 들썩이며 낄낄거리고 있었다. 곧 볼펜으로 호여준 등을 콕콕 치고 머리카락을 잡아당겼다. 유익표와 말하고 있는 애들은 유익표의 행동을 신경도 안 썼다.

그렇다고 유익표가 대단한 문제아냐? 것도 아니다. 점심시간에 만화를 읽다가 어깨를 들썩여서 봤더니 남몰래 눈물을 훔치고 있어서 놀란 적도 있다. 저렇게 감수성이 풍부한 애가 호여준은 왜 못 잡아먹어서 안달일까? 호여준은 유익표의 괴롭힘에도 늘 심드렁하다.

유익표와 호여준 사이에 무슨 일이 있었는지는 모르겠지만, 나는 어느 날 갑자기 호여준이 불쑥 일어서서 손에 든 샤프로 유익표의 어깨를 찔러 버릴 것만 같다. 아니면 볼펜으로 눈을 찌르든가. 너무 과한 생각을 하는 걸까. 교실을 둘러봤다. 나와 영인만 유익표와 호여준을 주목하고 있는 건 확실했다.

국어 선생님이 들어오고 수업이 시작되자 유익표의 괴롭힘이 중단됐다. 조마조마했던 마음을 내려놓고 수업을 듣는데 잘 돌던 뇌가 파업을 시작했다.

"쟤는 1교시부터 조네. 아주 교실 꼴 잘 돌아간다."
선생님의 목소리가 귓가를 울렸지만 파업을 시작한 뇌는 끝까지 갈 생각인 것 같았다.

*

학교보다 학원이 좋다는 애들도 많지만 나는 아니다. 학원 쌤들은 숙제를 너무, 진짜, 어이없을 정도로 많이 낸다. 학교가 밤 10시까지 했으면 좋겠다. 우리 학교는 왜 야간 자율 학습이 없는지 모르겠다.
"둘만 남았어."
영인이 눈짓을 했다. 교실에는 영인과 나, 유익표와 호여준만 남았다. 다른 애들이 유익표와 호여준의 관계를 대수롭지 않게 생각하는 것과 별개로 나와 영인은 꽤 심각하게 보고 있었다.
……같은 경험 때문이다.
번쩍.
중학교 2학년 점심시간이었다. 5교시가 되기 전까지 시간이 남았다. 영인과 나란히 앉아 담임이 어떤 만화 캐릭터와 닮았다는 이야기를 하고 있었다. 담임은 배우를 했으면 좋을 법한 얼굴을 갖고 있었다. 한 번 보면 잊기 힘든 얼굴이었다.
"아윽, ㅇㅇㅇ."

남해일이 제 머리를 두 손으로 감싼 채 소리를 질렀다. 어자인과 패거리가 남해일을 둘러싸고 있었다.
"아아, 아아아아."
남해일은 소리만 질렀다.
전후 사정은 모르지만 나는, 우린 또 '장난'을 쳤다고 생각했다. 물론 남해일이 어자인에게 장난을 친 적은 없었다. 장난을 치는 건 늘 어자인과 몇몇 애들 쪽이었다. 유익표가 호여준에게 장난을 치듯……. 조금 더 심했을까?
어자인이 남해일의 절규를 바라보다 피식 웃고는 남해일에게 다가가 검지로 머리통을 툭툭 쳤다.
"왜 그래. 장난이잖아."
어자인은 검지로 머리를 툭툭 치는 걸 멈추지 않았다. 남해일이 두리번거리다가 책상 위에 놓인 필통으로 손을 가져갔다. 필통을 몇 번 뒤적이더니 커터 칼을 꺼냈다. 한 번도 위협적이라고 생각하지 못했던 칼. 기껏해야 종이를 자르거나 책상에 낙서하는 용도였던 칼이다. 남해일이 칼 손잡이를 올리자, 햇빛에 반사된 칼날이 번쩍여서 눈이 시렸다.
"왜, 찌르기라도 하게?"
어자인이 눈을 부라리며 말했지만 목소리는 미세하게 떨렸다. 떠는 건 남해일도 마찬가지였다. 남해일이 왼손으로, 칼을 든 오른손을 잡았다. 마치 20킬로그램 넘는 큰 칼을 든 사람처럼 손이 부들부들 떨렸다.

"너네들 왜 안 가?"

아, 깜짝이야. 유익표의 말에 현실로 돌아왔다.

'너 때문에……. 무슨 일이 생길까 봐.'

"뭐라는 거야?"

"그냥 혼자 중얼거린 건데? 내 맘이야."

"너넨 왜 안 가?"

영인이 물었다.

"여준이랑 놀려고."

유익표가 호여준의 어깨에 팔을 둘렀다. 호여준은 무표정했다. 유익표는 딱 봐도 덩치가 컸다. 중학교 때까지 축구를 했다던데 저 발로 호여준의 등을 차면 그대로 고꾸라질 것이다.

"뭐 하고 놀게?"

"몰라, 얘가 보자고 했어. 근데 넌 아까부터 왜 이렇게 꼬치꼬치 캐물어?"

유익표가 이상하다는 듯이 쳐다봤다.

"호여준이 보자고 했다고?"

고개를 쏙 빼서 호여준 가방을 확인했는데, 안은 볼 수 없었다. 자켓 주머니에? 그러나 호여준은 지금 하복을 입고 있다. 아직 본격적인 여름이 시작되기 직전이라 동복을 입는 애들과 하복을 입는 애들이 섞여 있었다. 필통을 빼야 해. 물론 그보다 더 급한 건 둘을 말리는 거지만.

"너, 나 좋아하냐?"

유익표는 상대를 모욕하는 방법을 알고 있었다.

2층에서 1층으로 내려가는 계단이 마치 지옥으로 가는 길 같았다. 호여준은 왜 유익표를 보자고 했을까?

"우리 그냥 올라가 보자."

영인과 다시 2층으로 뛰어 올라가면서 핸드폰을 확인했다. 여차하면 119에 전화할 생각까지 했다. 중앙 계단을 올라 복도에 진입하자마자 무릎을 굽힌 채 왼쪽으로 돌아서 1반을 지나 2반으로 갔다. 창문에 두 손을 짚고 고개를 서서히 들었다.

"나 못 보겠어."

눈이 떠지지 않았다.

"지금 어때?"

"둘이 지금 서로를 잡고 있어."

"칼은?"

"어어어?"

"뭐야? 왜 그래?"

눈을 떴더니 유익표와 호여준이 엉켜 있었다. 서로의 머리끄덩이를 잡고? 칼이 아니라 머리끄덩이?

"하지 말라고 했지, 진짜. 한 번 더 하면 죽여 버린다."

"야, 놔, 놔, 놓으라고."

"너부터 놔."

"하나, 둘, 셋 하면 같이 놓자."

"하나, 둘, 셋, 아이 진짜. 안 놔?"

창문을 열었다. 둘이 동시에 돌아봤다.
"너희 뭐 해?"
"우리 싸워."
나는 뒷문으로 달려갔다. 문을 연 후에 심호흡을 하고 유익표한테 가서 검지로 이마를 가볍게 밀었다. 유익표가 넘어지면서, 유익표의 머리끄덩이를 잡고 있던 호여준도 같이 넘어졌다.
"얼마나 걱정했는지 알아?"
"네가 왜?"
유익표가 이마를 문지르면서 눈을 찡그렸다.
"큰일 나는 줄 알고."
"야, 나 이마 들어간 것 같아. 이게 무슨 일이야?"
유익표가 눈을 감았다. 기절을 이렇게 늦게 할 수도 있구나. 유익표가 걱정되진 않았다. 나는 냉정한 여자다.

*

"발이 걸려서 넘어진 거야. 내 힘이 그렇게 셀 리가 있냐."
"그런 느낌이 아니야. 쇳덩이가 이마를 미는 것 같았다니까?"
하여간 유익표는 예리하다. 호여준은 눈만 끔뻑이고 있다.
"그러니까 3년을 뻬졌다는 거야?"

영인이 유익표한테 물었다.

두 사람 말에 의하면 둘은 나와 영인처럼 세상에 둘도 없는 단짝이었는데 무슨 일을 계기로 싸웠고, 이후에 다른 반이 되었다가 고등학교에서 다시 만났다는 거다. 유익표는 화를 풀고 싶어서 매번 노력하는데 호여준은 풀지 않았다고. 오늘에서야 호여준이 남아서 얘기 좀 하자고 했고, 이제야 화해하나 싶었더니 또 그때 얘기를 꺼내서 머리끄덩이를 잡고 싸웠다는 이야기다.

이들의 나이는 나와 똑같은 열일곱이다. 이 세상의 모든 열일곱을 대신해서 내가 나이에게 사과하고 싶어졌다.

"학폭은 무슨? 진짜 학폭은 보이지 않는 곳에서 이뤄지고 있어."

"우리 반에 너네 말고 진짜 학폭이 있어?"

"너희는 무슨 섬에 사는 것 같아. 둘만 있는 섬. 뭐가 그렇게 재밌냐?"

내가 유익표와 호여준을 주시하는 사이에 은밀하게 학폭이 이루어졌다니.

모든 애들과 두루두루 잘 지내는 애들도 있고, 혼자 지내는 애도 있고, 두셋이 똘똘 뭉쳐 다니는 애들이 있는데 우린 마지막이다. 영인과 둘이 얘기만 해도 하루가 부족하다.

유익표 말에 따르면 하윤정이 슬정아를 괴롭힌다고 한다.

"네가 그걸 어떻게 알아?"

나와 영인이 유익표와 호여준을 예의주시하고 있던 것처럼, 유익표는 하윤정과 슬정아를 지켜보고 있었단다.

"왜?"

내가 몇 번이나 물었지만 답하지 않았다.

"내 이마 한 번만 더 밀어 봐 봐. 아니야, 아니야. 밀지 마. 밀지 마."

유익표와 호여준이 나란히 교실을 나갔다. 3년 동안 삐졌는데 머리끄덩이 한 번 잡고 다시 친구가 됐으니 썩 나쁘지 않은 전략인 것 같았다.

*

여러 가지 능력 중에 하나만 선택할 수 있다고 치자.

검지의 힘만 유독 강해지는 능력을 고르는 사람이 있을까? 순간 이동도 아니고, 타임 리프도 아니고, 하다못해 손의 힘이 세지는 것도 아니고, 검지의 힘만 강해지는 능력 말이다.

이런 하찮은 능력이 내게로 찾아온 이후로 어쩐지 앞으로 내 인생에 행운은 없을 것 같았다. 누가 나에게 행운을 주려고 하면, 아아 괜찮아, 얘는 내가 이미 행운을 줬어, 하고 말릴 것 같아서. 그럼에도 어제는 좀 기뻤다.

검지 하나로 남자애 두 명을 처치했으니까.

"영인아, 하윤정이 지금 슬정아 책상 툭 친 거 봤어?"

관심이 생기면 안 보이던 게 보인다.

"유익표 말이 맞았네."

슬정아가 하윤정 때문에 떨어진 국어 교과서를 집었다.

'야, 사과해.'

하윤정에게 이런 말을 하고 싶었다. 그러나 평소에 말 한마디 안 하고 지내다가 뜬금없이 그런 말을 하는 것도 이상하다. 하윤정은 슬정아가 교과서를 집어 드는 걸 멀뚱멀뚱 바라보다 턱을 꼿꼿이 세운 채 자리로 돌아갔다.

"자기 때문에 책이 떨어졌으면 지가 주워야 하는 거 아니야? 검지로 이마 밀고 싶다."

"네 검지, 꽤 쓸모 있어."

영인이 말에 고개를 끄덕였다. 내 검지, 하찮은데 하찮지가 않네. 검지에 대한 뿌듯함이 점점 차올랐다.

"야, 연필 휘었다."

물론 귀찮긴 했지만.

며칠 동안 하윤정과 슬정아를 지켜보면서 둘 사이가 일반적인 친구 사이가 아니란 걸 깨달았다. 왜 그동안 몰랐을까 되레 의아스러울 정도였다. 하윤정은 슬정아를 성실하게 괴롭혔다. 급식에 나온 자몽 주스 갑을 슬정아 책상에 버린다거나 슬정아가 지나가면 어깨를 툭 치는 식이었다. 하윤정과 친한 애들은 그 장면을 보면서 크큭 웃었다.

혹시 하윤정과 슬정아도 친구였다가 사소한 오해로 싸우게 됐을 가능성은? 유익표와 호여준의 경우처럼. 그런데 둘의 경우엔, 유익표가 어깨에 팔을 올리면 호여준이 신경질을 내면서 치웠다. 그럼 유익표가 멋쩍어했다. 유익표가 호여준을 괴롭힌다는 색안경을 끼고 봤기 때문에 모든 게 왜곡되어 보인 것이다. 그런데 하윤정이 괴롭히면 슬정아는 대꾸하지 않았다. 평등해 보이지 않았다.

그렇지만 그걸 알았다고 해서 내가 할 수 있는 게 없었다. 하윤정에게 가서 '야, 너! 슬정아 괴롭히지 마!'라고 하면 '네가 뭔데?' 할 테고 그럼 할 말이 없다. 그렇다고 내가 정의의 사도도 아니고. 나는 다만 무슨 일이 벌어질 것만 같아 무서웠을 뿐이다.

나는 중학교 2학년 때, 그 일이 있고 나서 열흘 동안 학교에 가지 못했다. 다음 날, 아침에 일어나니 눈이 잘 떠지지 않았다. 피곤해서 그런 줄 알았는데 호들갑을 떨며 눈을 떠 보라는 엄마의 목소리가 들렸다. 그제야 피곤하고 졸려서 눈이 안 떠지는 게 아니라 눈이 퉁퉁 부어서 안 떠진다는 걸 알았다. 간신히 눈을 뜨고 난 후에도 눈물이 자꾸 흘러서 앞이 보이지 않았다. 몸도 불덩이였다.

병원에서는 알레르기라고 했다. 원인은 찾지 못했다. 부어올랐던 눈이 가라앉고 목의 염증이 사라진 후에 학교에 갔다. 남해일은 학교에 없었다.

해일의 책상은 이미 치워져 있었다. 원래 스물다섯 명이 아니라 스물네 명이었던 것처럼 자연스러웠다. 어자인은 그 일이 있기 전과 똑같은 얼굴을 하고 있었다.

며칠 후, 어자인이 몰려다니던 친구의 뒤통수를 내리치는 순간 두 손으로 귀를 막고 눈을 감았다. 하나, 둘, 셋. 조심스럽게 눈을 떴다. 어자인과 무리들은 껄껄 웃고 있었다. 그들은 친구였다. 안도의 한숨을 내쉬고 난 후에야, 내가 상처받았다는 걸 깨달았다. 나는 그저 지켜보고만 있었는데.

지켜보고만……? 비겁했던 건 아닐까.

용기를 내야 할 순간에 용기를 내지 않으면 상처받는 건 그들만이 아니다.

"씨? 씨이? 너 지금 씨라고 했냐?"

하윤정이 슬정아한테 말했다.

"들었어? 얘가 씨래."

둘 사이엔 무슨 일이 있었던 걸까. 하윤정은 마당발이다. 1반에서 10반까지 모르는 애들이 없다. 유쾌하고 재밌다. 반면에 슬정아는 뭔가 음침했다. 친구가 없었다. 아, 그거다. 권력의 추가 기울었다.

학교에선 성적과 친구가 권력이다. 그렇다면 하윤정은 확실히 권력을 갖고 있었다. 하윤정이 무슨 행동을 해도 그를 지지해 줄 친구들이 있었다. 슬정아는 눈을 다 덮을 정도로 앞머리를 늘어뜨린 채 딴생각에 몰두해 있었다.

"야, 그만해. 쟤 원래 저렇잖아."

김윤아가 말했다. 둘 사이를 주목하고 있는 사람은 나와 영인, 그리고 하윤정 패거리밖에 없었다. 하윤정이 주위를 둘러보다 나와 눈이 마주쳤다. 나와 영인이 주목하는 걸 눈치채고는, 둘 사이에 튀던 불꽃이 순식간에 사그라들었다. 입을 쭉 내밀고 눈을 끔뻑끔뻑하더니 김윤아와 팔짱을 끼고 교실을 빠져나갔다. 슬정아는 앞머리를 정리하면서 자리에 앉았다.

하윤정은 주변의 분위기를 살필 줄 안다. 자신이 남들에게 어떻게 비춰질지 계산할 수 있을 정도의 눈치가 있었다. 그걸 '야비'하다가 아니라 '눈치'라고 말할 수 있다면 말이다.

"왜 저러는 거야?"

"만만한가 보지."

영인이 심드렁하게 말했다. 그리고 이내 "저런 애들 많아."라고 덧붙였다.

영인이 말하는 저런 애들이란 몰래 다른 애들을 괴롭히는 애들을 말한다. 어자인도 처음엔 몰래 괴롭혔다. 1단계로 약하게 괴롭히다가 문제가 없으면 2단계로, 3단계로 점점 강도가 세진다. 하윤정도 처음엔 지금보다 덜 티 나게 괴롭혔을 것이다.

"조심해."

또 연필이 부러졌다. 이 하찮은 능력 때문에 날린 연필과 볼펜이 몇 십 개인지. 얻은 건 적고 잃은 건 너무 많다. 수지 타산이 전혀 맞지 않았다.

3교시가 될 때까지 슬정아는 학교에 나오지 않았다. 아무도 슬정아가 학교에 안 온 이유를 묻지 않았다. 선생님은 독감으로 인한 결석이라고 하면서도 혹시 무슨 일이 있었는지 물었다.

"아무 일 없었어요."

김윤아가 답했다.

"그렇지?"

선생님은 애매하게 웃어넘겼다.

독감으로 학교에 빠지는 건 특별한 일이 아니다. 다만 선생님의 말이 마음에 걸렸다. 무슨 일이 있었는지는 왜 물었을까? 슬정아가 이튿날도 오지 않아서 가슴이 두근거렸다. 슬정아가 칼을 들고 울부짖을 것 같았다. 나도 내가 왜 이런 상상을 하는지 이해가 되지 않는다. 엄마 아빠가 부부 싸움을 할 때 느끼던 감정과 비슷했다. 그들이 나를 때리는 것도 아닌데 내가 맞는 기분이었다.

"오늘도……."

영인이 말했다. 눈을 떴다. 슬정아의 자리가 비어 있었다. 한숨을 내쉬었다.

"또 안 왔네."

유익표가 말했다. 나와 영인 외에 슬정아한테 관심 있는 사람은 유익표가 전부다.

"슬정아한테 관심이 많네."

유익표가 고개를 저었다. 그것도 아주 많이. 강한 부정은 긍정이란 말을 처음 한 사람이 누군지 몰라도 프로이트급 심리학자가 아닐까. 아, 프로이트가 말했구나.

"그럼 집도 알겠네?"

유익표가 고개를 끄덕였다.

"찾아가게? 같이 갈까?"

"갈 생각까진 안 했는데……."

"가자!"

유익표가 내 팔을 잡았다. 슬정아가 걱정되는 건 사실이지만 찾아가 볼 생각까지는 못했다. 아니, 안 했다.

"근데 집 주소를 어떻게 알아? 아무리 관심이 많아도."

"소꿉친구."

유익표는 오지랖이 넓은 것 같았다. 삐진 친구 마음도 풀어 줘야 하고 소꿉친구 동태도 살펴야 한다. 그래서 꽤 쓸모가 있었다. 나의 불안감을 잠재우는 데 도움이 되니까.

아, 다리 아파. 정영인, 유익표, 호여준과 함께 슬정아네 집으로 향했다. 유익표가 호여준을 괴롭힌다고 착각했을 때부터 일이 꼬였다. 슬정아네 집은 후문에서 편의점과 분식집 사이의 골목으로 가면 나온다. 아기 돼지 삼 형제에서 셋째가 사는 집처럼 빨간 벽돌로 지어진 집이었다. 유익표가 벨을 누르자

어머? 익표니? 하는 소리와 함께 딸깍 대문이 열렸다.
"옆집이 우리 집이야."
"파란 대문?"
어쩐지 파란색 중에서도 유독 가벼워 보이는 느낌이었다. 한마디로 유익표랑 참 어울리는 집이었다.
대문을 열고 들어서자 10평 정도 돼 보이는 화단이 보였다. 깔끔하게 정돈되지는 않았지만 풍성하게 달린 나뭇잎 때문에 집이 싱그럽게 느껴졌다. 건강한 기운이 느껴졌달까. 슬정아의 평소 모습과는 대비됐다.
"익표야, 안 그래도 너한테 뭐 좀 물어보려고 했어. 정아 혹시 학교에서 무슨 일 있니? 얘가 원래 친구 많이 사귀고 밖으로 도는 애는 아니었지만 고등학교 가더니 더하네. 아참, 익표 친구?"
아줌마가 유익표 손을 잡고 하소연을 하다가 우리를 향해 말했다.
"아니요."
유익표랑 친구라니. 유익표가 나쁜 애가 아니란 건 알지만 오지랖이 넓고 귀찮게 구는 애라는 건 알았다. 이런 애랑 친구가 되면 온갖 일에 휘말리게 된다.
"어머, 그럼 우리 정아 친구?"
아줌마가 유익표 손을 잡았던 것처럼 내 손을 덥석 잡았다. 아니요, 라는 말이 입에서 나오지 않았다.

"어머, 친구가 다 있었네."

아줌마는 어머라는 말을 계속 내뱉었다. 딸인 슬정아와는 다른 성격인 것 같았다. 아줌마의 안내로 좁은 나무 계단을 올라서 2층 슬정아 방으로 갔다. 유익표가 먼저 들어가고 그다음에 내가 들어갔다. 슬정아가 바닥에 앉아 침대에 등을 기대고 있었다. 마지막으로 영인이까지 들어오자 방문이 닫혔다.

"어어어."

호여준이 반사적으로 문을 열려고 했지만 열리지 않았다.

"어 뭐야, 닫혔어."

"재밌게 놀아."

아줌마가 '라' 옥타브 정도 되는 목소리로 말했다. 들뜬 마음이 목소리에도 느껴졌다.

"우리 갇힌 것 같아."

호여준이 머리를 감쌌다. 그때 풋, 소리가 들렸다. 슬정아가 고개를 숙인 채 어깨를 들썩거렸다. 아줌마가 되면 힘이 세지는 걸까 힘이 센 사람만 아줌마가 되는 걸까.

슬정아의 방은 화단처럼 어지러웠다. 동시에 초록으로 가득한 화단처럼 싱그러웠다. 암막 커튼이 쳐 있고 온갖 쓰레기가 가득할 것 같다고 생각했는데 착각이었다. 나는 슬정아에 대해 아는 게 하나도 없었다.

"왜 왔어?"

슬정아가 말했다. 작은 목소리였지만 앙칼졌다. 선을 그어

놓고 여기 넘어오면 가만 안 둘 거야, 라며 주먹을 꼭 쥔 채 노려보는 어린애 같았다.
"학교에 왜 안 와?"
내가 물었다.
"네가 무슨. 상관이야."
네가 무슨,과 상관이야 사이에 큰 한숨이 있었다. 네가 무슨은 짜증 내듯 말했다면 상관이야는 기어들어 가는 목소리였다. 앞머리를 늘어뜨린 채 어기적어기적 걸어 다니는 모습과 어울리지 않는 말투였다.
"얘가 가자고 해서."
유익표가 나를 툭 쳤다.
"맞잖아."
내 목소리가 기어들어 갔다. 동시에 문이 열리고 쟁반이 들어오더니, 호여준이 쟁반을 받자마자 문이 쾅 닫혔다.
"열어 봐."
호여준의 말에 영인이 문을 열었다. 역시나 열리지 않았다.
쟁반엔 오렌지 주스와 스텐 컵 다섯 개가 놓여 있었다. 영인이 마치 집주인처럼 호여준과 유익표, 나와 슬정아에게 오렌지 주스를 따라 줬다.
"왜 왔냐고."
슬정아가 다시 물었다.
"하윤정 때문이야?"

말이 툭 튀어나왔다.

"야아. 너 진짜 너무한다."

유익표가 말했다.

"말을 해도, 그렇게 직설적으로. 좀 부드럽게 할 수 없어? 나 봐 봐. 정아야, 학교에서 혹시 누가 너 괴롭히는 건 아니지?"

"잘도 부드럽다."

나는 혀를 끌끌 찼다. 유익표가 눈썹을 잔뜩 올린 채로 미소 지었다.

"어, 너 뭐야?"

시종일관 화난 표정으로 있던 슬정아가 눈을 동그랗게 뜨고 마치 귀신이라도 본 것 같은 표정으로 나를 바라봤다.

"나? 아니면 얘? 얘처럼 돌려 말하는 것보다 차라리 나처럼 직설적인 게 낫지?"

그런데 슬정아만이 아니라 유익표와 호여준도 못 볼 걸 봤다는 표정이었다. 그에 반해 영인은 눈을 찌푸리고 있었다.

"조심 좀 하라니까, 쪼옴!"

영인이 내 등을 쳤다. 아이들이 보고 있는 곳을 향해 눈길을 돌렸다. 나, 정확히는 내 손이었다. 스텐 컵이 푹 들어가 있었다. 검지 부분만.

"아아아, 이거. 이거 디자인인가 봐. 현대 미술인가? 내가 지난번에 인터넷에서 봤는데 누가 손으로 누른 것처럼 가운데가 푹 들어간 밥그릇에 밥을 먹는 거야. 그래서 와 이런 데다 밥 먹는 사람이 있네, 했는데 그게 진짜 비싼 밥그릇이더라고."
 "지난번에, 맞지. 이마! 어? 와, 나 여기 봐."
 유익표가 슬정아를 향해 이마를 들이밀었다가 나에게 이마를 들이밀었다. 유익표 이마에는 아직도 상처가 남아 있었다. 검은색 딱지와 함께.
 "아하, 얘가 무슨 얘길 하는 거야. 농담도 잘하네. 재밌다. 익표, 너무 재밌어."
 박수를 쳤다. 하하하, 소리를 내면서.
 "이게 가능한 일이야?"
 호여준이 말했다.
 "부탁 하나만 할게. 내 이마 밀어 봐."
 호여준이 내 손을 가져갔다. 그러곤 자기 이마에 내 검지를 가져다 댔다. 이쯤되니 짜증이 났다.
 "하지 말라고오!"
 검지에 힘이 들어갔다. 힘을 준 게 아니라 들어갔다. 그러자 호여준이 뒤로 넘어갔다. 등이 바닥에 닿고 몇 초 후에 "아하, 세상에 이런 일이."라고 내뱉곤, 눈을 감았다. 진짜 기절시켜 버릴까 보다.
 "좋겠다."
 이건 슬정아가 한 말이다.
 "네가 뭘 몰라서 그래. 이거 엄청 귀찮아. 이게 무슨 순간 이동 같은 건 줄 아냐. 쓸 데는 없는데 티는 나는, 무슨 혓바닥에 난 염증 같아."

"이것도 눌러 봐."

슬정아가 오렌지 주스가 담긴 페트병을 내밀었다. 나는 페트병을 받아 들고 검지로 누르는 척했다.

"야, 연기를 이렇게 못하네."

유익표 이 새끼. 아니 욕하면 안 돼.

"아니야, 나 이거 힘 다 준 거야."

"하지야. 안 닿았어."

영인이가 안쓰럽다는 눈빛으로 나를 바라봤다. 검지가 닿지도 않았다. 에라 모르겠다. 검지로 페트병을 누르니 페트병이 나를 향해 고개를 푹 숙였다. 일시적 변형이 아니라 검지가 닿은 부분에 영구적인 변형이 생겼다.

"그런 능력 있으면 하윤정이 나, 우습게 안 보려나."

슬정아가 중얼거렸다.

"그러게. 강약약강이라 아마도 그러지 않을까?"

나도 모르게 대답했다.

"이거 진짜 귀찮은데, 너 주고 싶다."

"줘, 줘 봐. 주세요, 하면 주나. 주세요오."

우리가 들어오고 처음으로 슬정아가 환하게 웃었다. 그 웃음을 보는데 마음 한편이 아팠다. 가진 적도 없는 뭔가를 포기하는 사람이 지을 법한 웃음이었다. 가진 적도 없는 뭔가가 무엇일까. 우정? 청춘? 자존심?

"그래, 너 가져. 나 정말 너 주고 싶어. 진심으로."

가슴에 손을 얹고서 기도했다. 하느님, 부처님, 조상님까지 외치다가 이러면 아무도 내 말을 들어주지 않을 것 같아 하느님만 집중적으로 팠다.

하느님, 하느님 제발 제 능력을 필요한 곳에 주십시오! 응답해 주시옵소서!

더불어 슬정아가 하윤정의 이마를 우아하게 미는 상상을 했다. 너무 멋진걸. 그런 장면을 볼 수 있다면 뭐든 할 수 있을 것 같았다. 검지의 힘을 슬정아에게 보내는 데 온 정신을 집중했다. 십칠 년 동안 이렇게 뭔가를 간절히 바랐던 적이 없었던 것 같다.

"야아!"

유익표의 말에 내가 또 힘을 줬나 해서 봤는데 컵은 그대로였다.

"너 어딜 보는 거야?"

유익표가 보는 곳을 바라보니 슬정아의 컵이 보였다. 슬정아가 쥔 스텐 컵이 움푹 들어가 있었다. 검지 부분이.

하느님, 정말 소원을 들어주셨군요!

할렐루야.

십칠 년 만에 종교를 정했다.

*

슬정아가 다시 학교에 나왔다. 8시 50분이 넘어갈 때쯤엔 오늘도 오지 않겠구나, 했다. 김윤아를 바라보며 히죽 웃고 있는 하윤정이 원망스러웠다. 쟤는 자기가 슬정아를 괴롭힌다고 생각하지 않겠지?

"왔다."

이건 내가 한 말이다. 슬정아가 학교에 왔다. 손을 흔들었다. 슬정아는 모른 척했다. 아니, 뭐 저런 애가 다 있나. 내가 능력도 줬는데. 나는 텀블러를 꽉 쥐었다. 검지 부분만 들어갔다,고 말하고 싶지만 그렇지 않았다. 솔직히 속으로 쾌재를 불렀다. 너무 편하다. 부주의하게 생활해도 된다. 전에도 크게 신경 안 썼지만, 앞으론 더더욱 신경 안 써도 된다.

"왔어?"

하윤정의 물음에 슬정아가 고개를 끄덕였다. 누가 보면 슬정아 엄청 챙겨 주는 줄 알겠네. 하윤정과 김윤아가 마주 보고 입을 다문 채 눈으로 웃었다. 슬정아에게도 이 모습이 보이겠지. 이건 학폭일까 아닐까. 누군가는 아니라고 하겠지만 나는 아니라고 말 못 하겠다.

"진짜 신기하네."

영인이 읊조렸다. 시선을 따라가 보니 연필을 쥔 내 검지를 보고 있었다. 연필은 멀쩡했다.

"힘준 거지?"

나는 일부러 검지에 힘을 줬다. 연필이 부러지기는커녕 손가락만 빨개졌다.

"아팠어?"

하윤정이 슬정아에게 물었다.

"그만 좀 해."

"내가 뭘?"

슬정아의 말에 하윤정이 되물었다.

"그래, 윤정이가 너 걱정해서 그런 거 아니야."

김윤아가 거들었다. 그러자 조용히 있던 하윤정 패거리 중 한 명이 무서워, 라고 했다. 하윤정 패거리 다섯 명이 슬정아를 향해 중얼거리는 걸 보니 꼭 한 사람을 가운데 두고 돌 던지는 모습이 연상됐다.

"왜 자꾸 봐?"

하윤정이 나에게 물었다.

"안 봤는데?"

이런 말을 하려던 건 아닌데.

"봤잖아. 지난번부터 자꾸 쳐다봐."

"나도 봤어."

김윤아는 주인 말을 따라 하는 앵무새 같았다. 차라리 때리기라도 하면 하윤정이랑 김윤아랑 슬정아를 때렸어요, 라고 할 텐데 이 일은 설명하기도 어렵다. 하윤정이 슬정아가 학교에 오자 왔어? 한 후에 친구랑 같이 웃었어요, 라고 말하면 선생님이 뭐라고 할까.

"안 봤어. 내가 알아."

잘한다, 정영인. 내 친구, 정영인.

"네가 어떻게 알아?"

"나? 얘 친군데?"

동문서답 같은데……. 영인에게 고개를 흔들면서 그걸 묻는 게 아니라는 눈빛을 보냈다. 그런데 김윤아가 갑자기 "그래? 알았어." 하는 게 아닌가. 너무 순순히 물러나서 얼떨떨했다. 때마침 종이 치면서 우리 사이에 오갔던 긴장감이 사라졌다. 똑같은 일상이 시작되었다.

슬정아가 책상을 검지로 누르고 있었다.

이미 움푹 패어 있었다.

*

"점심 같이 먹을래?"

슬정아에게 물어보기 전에 영인이에게 먼저 물었다. 영인이는 셋이 먹으면 더 맛있을 것 같다고 했다. 무엇보다 슬정아가 자주 급식을 안 먹는 걸로 봐서는 식탐이 없어 보이니, 인당 두 개씩만 먹을 수 있는 비엔나소시지를 얻어먹을 수 있을 것 같다는 말까지 덧붙였다. 솔직히 그 생각까진 못했다. 영인이는 역시 똑똑하다.

슬정아랑 밥을 같이 먹어야겠다고 생각한 이유는 불안해서

다. 슬정아는 아직 자신에게 생긴 능력이 얼마나 사람들의 이목을 끄는지 알지 못한다. 그게 얼마나 귀찮은 일인지도. 밥 먹으면서 단단히 일러둘 참이다.

"밥 같이 먹자."

"왜?"

영인도 묻자 슬정아가 고개를 들고 기어들어 가는 목소리로 되물었다. 집에서 신경질을 낼 때와 너무 다른 모습이라 의아스러웠다. 학교만 오면 인격이 바뀌나. 그때 팔짱 끼고 뒷문으로 나가던 하윤정과 김윤아가 뒤를 돌아봤다.

"쟤랑 먹게?"

하윤정이 물었다.

"응, 왜?"

이번엔 내가 대답했다. 참 별꼴이야. 슬정아가 누구랑 밥을 먹든 지가 무슨 상관이라고. 그러나 입 밖으로 내진 않았다. 싸우는 건 무서우니까. 게다가 이젠 검지의 힘도 없다. 하윤정이 아무리 화나게 해도 손가락으로 이마를 밀어 버릴 수 없다.

"가자."

슬정아의 팔을 잡아끌었다. 슬정아가 휘청거렸다. 다른 애들 보란 듯이 나가야 할 것 같아서 영인과 양쪽 팔을 잡았다. 풋 웃는 소리가 들렸다. 돌아보니 유익표였다.

"너네 뭐 해? 환자 부축하냐?"

무표정한 얼굴로 교실 뒷문을 통과했다. 여기서 유익표의 말에 발끈하거나 민망한 듯 웃어 버리면 지는 거니까. 한참을 계속 그대로 걷다가 복도를 벗어난 후에야 영인과 동시에 손을 놓아 버렸다.

"둘이 짰어?"

슬정아가 말했다.

"아아니!"

이번에도 영인과 동시에 말했다. 이런 건 말하지 않아도 척하면 척이다. 친구니까.

"엄마가 그러는데 입맛 없어도 먹어야 한대. 살려고 먹는 거라고. 그래도 양이 너무 많은 거 아니야?"

슬정아가 식판에 밥을 세 주걱이나 담았다. 소복하다 못해 국그릇 공간까지 침범했다. 어딜 가나 먹는 걸 싫어하는 애들이 있다. 밥 대신 먹는 알약이 있었으면 좋겠다는 막말도 서슴지 않았다. 내가 도저히 이해가 안 간다고 하자, 엄마는 그 애들도 널 이해하지 못할 거라고 했다.

슬정아도 그런 애인 줄 알았다. 저렇게 밥을 많이 풀 줄이야. 그럼 비엔나소시지는 못 얻어먹을 텐데……. 예정대로 비엔나소시지는 학생당 두 개씩만 줬다. 하나만 더 주시면 안 돼요? 했는데 영양사 쌤이 단호한 표정으로 고개를 저었다. 조금의 여지도 없는 표정이었다. 내가 금을 더 달라고 했나 아니면 다이아몬드를 더 달라고 했나. 그저 비엔나소시지일 뿐이었다. 그리고 솔직히 지금 이 순간만큼은 금이나 다이아몬드보다 비엔나소시지가 더 소중하다.

자리에 앉자마자 비엔나소시지부터 먹었다. 영인이도 마찬가지였다. 소시지 두 개는 눈 깜짝할 새에 사라졌다. 코다리 찜이나 청포묵 무침엔 영 손이 가지 않았다. 소고기 뭇국도. 편식이 몸에 안 좋다는 건 알지만 내 손은 머리의 지시를 잘 따르지 않는 편이다.

"천사야?"

슬정아가 소시지 한 개를 내 식판에 덜어 줬다. 영인의 식판에도. 슬정아가 숟가락을 손에 꼭 쥔 채 우릴 보고 미소를 지었다. 약간 무서웠다.

"야! 숟가락!"

슬정아의 숟가락이 이미 반쯤 구부러진 상태였다. 숟가락을 뺏었다.

"조심해야 돼. 들키는 거 한순간이야. 그럼 너 유튜브 나가라는 말부터 들어."

서늘한 한기가 느껴져서 보니 영양사 쌤이 우릴 노려보고 있었다. 정확히 말하자면 나였다.

"저 아니에요."

"구부러진 숟가락이 일주일에 두 개는 나와. 범인 꼭 잡을 거야."

영양사 쌤이 나지막이 "재물 손괴죄인가."라고 말하면서 갔다. 슬정아가 코미디라도 본 듯한 얼굴로 웃고 있었다.

*

"날개 숨기느라 힘들지? 어떻게 소시지를 양보하냐. 나 태어나서 소시지 양보하는 사람 처음 봐."

영인과 슬정아 뒤를 졸졸졸 쫓아가면서 숨겨 둔 날개를 찾았다. 등은 매끄러웠다. 슬정아는 그 많은 밥을 다 먹었다. 저렇게 먹을 걸 좋아하는 애가 급식을 안 먹을 때 어떤 마음이었을지 생각하자 슬정아 등에 날개는 없을지 모르지만 마음엔 큰 구멍이 있을 것 같았다.

반에 들어서자 대부분의 아이들이 삼삼오오 모여 담소를 나누고 있었다. 20평짜리 공간에 스물다섯 명이 모여서 아침부터 저녁까지 생활한다. 그룹을 만들고 연대하거나 배척한다. 나는 영인과 똘똘 뭉쳐 지냈다. 누군가를 배척하려던 건 아니었다. 그러나 나의 의도와 상관없이 우리의 공간에 누구도 들어올 수 없게 막은 건 아닐까.

교실 뒤편에서 각자의 자리로 흩어지는데, 하윤정이 슬정아를 툭 쳤다. 모르는 사람들이 보면 실수로 보이겠지만, 상황을 아는 사람들은 고의라는 걸 알 만한 행동이었다. 영인이가 하윤정의 어깨를 툭 쳤다. 덕분에 하윤정이 한 발자국 뒤로 밀렸다. 잘했어, 정영인.

"왜 그래?"

하윤정이 말했다.

"응? 왜?"

영인이가 되물었다.

"네가 쳤잖아."

"그랬어? 내가?"

하윤정이 별꼴을 다 본다는 표정으로 영인이를 봤다. 슬정아가 영인의 팔을 살짝 흔들고는 자리에 앉았다. 아이들이 어느새 하윤정과 영인이를 주목하고 있었다.

왜 안 나오나 싶었던 김윤아가 드디어 등장해서 하윤정의 팔을 잡아끌었다. 평소 같았으면 하윤정도 마지못해 끌려갔을 텐데 이번엔 달랐다.

"쳤잖아, 지금. 사람을 쳤으면 사과를 해야지. 안 그래? 그게 상식 아니야?"

하윤정은 자신이 좀 전에 했던 행동은 잊고 당한 일만 기억하는 듯했다.

"맞아, 그게 상식이야."

영인이 말하자마자 하윤정이 영인의 어깨를 툭 밀었다. 영인이 두세 발자국 뒤로 밀렸다. 반사적으로 영인의 앞으로 가서 끌어안았다. 영인의 어깨를 치지 못하게. 하윤정이 내 등을 때릴 거라고 생각했는데 고요했다. 이상하다는 생각이 들어서 뒤를 돌아봤더니 하윤정이 아아악! 비명 소리와 함께 뒤로 넘어졌다.

하윤정의 시선을 따라가니 슬정아가 서 있었다.

검지를 우아하게 뻗은 채로.

하윤정이 몸을 일으키자 슬정아가 검지를 뻗은 채로 하윤정에게 또 다가갔다. 하윤정이 다시 누웠다. 눈을 찔끔 감고.

"아하하하."

나만 웃었다.

좀 있다가 영인이도 웃었다. 이어 유익표도 호여준도 웃었다. 고작 검지 하나에 벌벌 떨 거면서. 하윤정을 향해 조소를 날렸다.

*

그 일이 벌어지고 며칠이 지났다.

작년에 돌아가신 할아버지는 노을 진 하늘을 바라보면서 예뻐서 눈물이 날 것 같다고 하셨다. 예쁜 걸 보는데 왜 눈물이 날 것 같은지 모르겠어서 속상했다. 할아버지 마음을 조금도 이해하지 못하는 것 같아서.

"그깟 검지라도 소용 있지? 그게 계륵이라니까."

슬정아가 고개를 끄덕였다. 슬정아, 영인과 나란히 벤치에 앉아서 하늘을 보고 있었다. 운동장에선 아이들이 몰려다니면서 축구를 했다.

"생각해 보면 나도 유익표한테 돌진할 때 검지의 힘이 용기를 좀 줬어. 너, 나한테 평생 고마워해야 돼. 아니다, 넌 이미 할 도리를 다 했어."

슬정아가 어깨를 으쓱했다.

"비엔나소시지. 그건 하느님도 양보 못하는 거거든. 진심으로 고마워."

"하느님이 그렇대?"

"응. 부처님도. 너만, 오로지 너만 양보해."

슬정아가 또 웃었다. 반달눈이 됐다.

"야, 패스 좀 해 줘."

축구공이 벤치까지 왔다. 축구공을 뻥 찬다고 찼는데 왜 흙바닥에 누워 있는 걸까. 슬정아가 공을 발로 통통 올렸다 내렸다 하더니 두 손으로 잡았다. 그러곤 검지로 멀리 밀어냈다. 공은 반대편 골대까지 날아갔다.

아이들 모두 입을 다물지 못한 채 우리를 쳐다봤다. 나는 흙바닥에 누운 채로 슬정아를 바라봤다. 와, 쟤 낄 데 안 낄 데 다 끼네. 슬정아한테 검지의 힘을 줘 버려서 다행이다. 나보단 잘 사용 중인 것 같았다.

슬정아와 영인이 각각 손을 잡아 줬다. 몸을 일으키자마자 슬정아가 검지를 내 앞으로 내밀었다.

"이거 다시 가져가."

"왜? 그거 있으면 든든하잖아."

"귀찮아. 나도 모르게 자꾸 쓰게 돼."

슬정아가 말했다. 그 마음 나도 안다. 힘을 안 쓰려면 늘 의식해야 한다. 의식하지 않으면 언제, 어디에 쏠지 모른다.

"어떻게 가져가. 그리고 너한테 더 필요하잖아. 그거 덕분에 걔가 너한테 요즘 찍소리도 못하잖아."

삼 일 전, 그 사건 이후로 하윤정은 슬정아에게 몇 번이나 다시 밀어 보라고 했다. 그때마다 슬정아는 피하지 않고 눈썹을 일자로 한 채 무덤덤한 표정으로 하윤정의 이마를 밀었다. 하윤정은 몇 번이나 뒤로 밀리고 넘어진 후에야 슬정아에게 다시 밀어 보란 말을 하지 않았다. 슬정아가 검지를 올리면 슬슬 뒷걸음치는 건 덤이다.

그런데 그 능력을 다시 가져가라고?

"그거 때문이 아니야."

점심시간이 끝났음을 알리는 종이 울렸다. 띠리리리리리리리 리리리리 리리리리. 띠리리리리 리리리리리. 운동장에서 축구를 하던 아이들이 발레리노처럼 공중을 날아 현관 계단으로 뛰어올랐다. 순식간에 소음이 사라졌다.

"그럼 뭔데?"

"용기."

"그 용기를 검지가 준 거야."

"그게 아니야."

앞서 걷던 슬정아가 멈춰 섰다. 뒤를 돌아봤다.

"너희들이 준 거야."

슬정아의 일자 눈썹이 꿈틀거렸다. 지렁이처럼 눈썹 뒷부분이 아래로 내려갔다.

"나는 하윤정이 부러웠어."

슬정아가 휴우 한숨을 내쉬었다.

"김윤아 같은 친구가 있어서……. 앞으로도 점심 같이 먹을래? 소시지 줄게."

"싫어."

영인이가 말했다.

"막상 같이 노니까 재미없지? 나 원래 재미없는 편이야."

슬정아가 말했다.

"소시지 주면 같이 안 먹을 거야."

"맞아!"

나도 영인이 옆에서 고개를 열심히 끄덕였다. 소시지가 아깝긴 했지만 소시지 준다고 같이 밥 먹으면 그게 우정인가, 거래지.

"체했을 때만 줘. 아 그리고 먹기 싫을 땐 줘도 돼. 그땐 꼭 줘. 버리면 아깝잖아."

슬정아가 웃었다. 슬정아처럼 잘 안 웃는 애들의 장점은 한 번 웃을 때마다 상대방에게 뿌듯함을 안겨 준다는 데 있다. 내가 웃겼어, 하는 뿌듯함. 성적이 오를 때보다 남을 웃길 때 더 큰 희열을 느낀다.

"너희들 빨리 안 와!"

선생님이 2층 교실에서 소리를 질렀다. 건물을 향해 힘껏 뛰었다. 얼마 뛰지도 않았는데 이마에 땀이 송골송골 맺히기 시작했다. 먼저 가고 있던 슬정아가 1층 계단 중앙에서 뒤를 돌아봤다.

"오늘 우리 집에 올래?"

"좋아. 근데 왜?"

"우리 집에 비엔나소시지 많아."

영인과 마주 봤다. 비엔나소시지는 다다익선 아닌가. 우리 엄마는 비엔나소시지가 비싸다고 안 사 주고, 영인이네 부모님은 무슨무슨 성분이 들었다고 안 사 주신다. 엄마들 중엔 슬정아 엄마가 최고인 것 같다.

"대신, 조건이 있어."

"뭔데?"

"이 능력도 꼭 가져가! 진짜 귀찮아."

스텐으로 된 계단 손잡이가 움푹 들어가 있었다.

역시 세상에 공짜는 없다.

*

슬정아네 집에 정영인, 유익표, 호여준 그리고 나까지 총 다섯 명이 모였다. 중대한 실험을 하기 위해서다.

"연하지, 그때 신었던 양말 맞아?"

유익표가 물었다. 유익표는 헐렁헐렁해 보이지만 무척 꼼꼼

한 편이었다. 그러니 두루두루 반 아이들을 살폈던 듯싶다.

지금 우린 실험을 하고 있다. 사회적 실험은 아니고 지극히 개인적이고 과학적인 실험이다.

나의 힘이 슬정아에게 가게 되었을 때와 똑같은 상황을 재현해 보기로 했다. 슬정아는 검지 힘 따위 없이 하윤정을 맞상대해 보고 싶다고 했다.

"오렌지 주스가 없어서 그런가?"

그때와 다른 건 딱 하나다. 오렌지 주스! 그때 똑똑 문 두드리는 소리가 들렸다.

"엄마, 왜?"

"음료수 마시라고."

아줌마가 오렌지 주스를 들고 왔다. 아줌마가 나가자마자 호여준이 문을 당겼다. 역시나 문은 열리지 않았다.

"혹시 너네 엄마도 손에 힘이 세진다거나 순간 이동, 아무튼 초능력 같은 게 있으신 건 아니지?"

"외할머니가 투포환을 하셨거든? 엄마는 씨름을 했고. 관련 있으려나?"

호여준이 고개를 크게 끄덕이곤 문에서 손을 뗐다. 감히 범인이 이길 수 있는 힘이 아니었다.

오렌지 주스가 있어도 힘은 나에게 돌아오지 않았다.

슬정아는 평생 검지의 힘과 함께 살아야 한다.

"솔직히 말해. 너 좋지?"

눈치 빠른 유익표가 물었다. 나는 눈알을 굴리다가 말했다.

"아니야, 진심으로 아쉬워. 먼지 뭉텅이도 있다가 없으면 허전한 법인데."

"먼지 뭉텅이? 좋은 거 맞네."

슬정아가 들고 있던 스텐 컵의 검지 부분이 푹 들어갔다. 무심코 힘을 줘서 망가뜨린 가구가 한두 개가 아니다. 슬정아의 힘이 내게 되돌아오기 전에 얼른 슬정아네 집을 빠져나왔다. 빨간 벽돌이 초록색 나무와 어우러져 당찬 기운을 뿜어냈다. 아줌마가 또 놀러 오라면서 우리를 차례로 안았다. 오른손으로 여러 번 두드리는데 짧은 비명이 흘러나왔다.

"들어가."

슬정아가 대문 밖까지 따라 나왔다.

"검지의 힘, 난 나쁘지 않을 것 같은데."

호여준이 중얼거렸다.

"그래? 그럼 혹시 검지의 힘이 또 생기면 그땐 너 줄게."

농담처럼 말했는데 호여준이 내 팔을 잡더니 "진짜야? 약속해."라고 했다. 얼떨결에 고개를 끄덕였다.

나와 호여준, 유익표가 앞서 걷고, 영인과 슬정아가 뒤따라왔다. 다 같이 호여준네 편의점으로 갔다.

콘 아이스크림을 골라 편의점을 나왔다. 돈은 유익표가 냈다. 친구에게 얻어먹는 게 마음 편한 일은 아니라서 극구 사양했는데도 자기가 내겠다고 우겼다. 나를 좋아해서는 아닌 것 같고, 정영인을 좋아해서도 아닌 것 같다. 그렇다면 슬정아를? 생각해 보니 슬정아가 하윤정에게 교묘한 괴롭힘을 당하고 있다는 사실을 말해 준 사람도 유익표였다.

야, 너 혹시, 하고 다가가는데 유익표와 슬정아가 걸음을 멈췄다.

생각해 보니 혹시 맞다고 해도, 말하지 않는 편이 나았다. 유익표가 진짜 슬정아를 좋아한다면 곤란하게 만드는 일이 될 테니까.

나는 그동안 영인과 쌍둥이처럼 지냈다. 영인이 전학 온 초등학교 3학년부터 지금까지 떨어져 지낸 적이 없다. 그 말은 영인 외에 다른 친구들과 어울릴 계기가 많지 않았다는 뜻이기도 하다. 선을 넘지 않는 방법을 잘 몰라서 불쑥 선을 넘고야 마는 일이 종종 생긴다.

"하윤정 아니야?"

유익표가 말했다. 슬정아의 손에 들린 아이스크림콘에서 아이스크림이 툭툭 떨어지고 있었다. 하윤정은 무리에 둘러싸여 있었다. 멀리서도 불화의 기운이 느껴졌다. 하윤정에게 뭔가를 따져 묻는 듯했다. 하윤정의 얼굴에는 약간의 두려움이 드리워져 있었다. 얼마 전까지 슬정아에게서 보던 낯빛이었다.

"야, 가자."

하윤정과 마주쳐서 좋을 게 없었다. 슬정아의 일에 끼어든 사람의 입장에서, 남의 일에 끼어드는 걸 싫어한다는 말이 모순이라는 건 알지만 그래도 사실이다. 남의 일에 끼어들고 싶지 않다.

"가만있어 봐. 일방적으로 당하는 것 같아."

영인이 말했다.

"자업자득이네."

내 입에서 말이 툭 튀어나왔다. 그대로 가려는데 발걸음이 떨어지지 않았다. ……그놈의 남해일. 남해일이 필통에서 칼을 꺼내 들었을 때의 마음을 상상하면 마치 내가 칼에 찔린 듯한 기분이 든다. 칼을 들고 '그만 좀 해'라고 외치던 남해일을 어떻게 잊을까. 그날, 남해일은 어자인을 칼로 찌르지 못했다.

남해일은 커터 칼을 든 채 외쳤다.

"그만 좀 해!"

남해일은 두 손으로 그 작은 칼을 든 채 벌벌 떨면서 애원했다. 나는 이후의 기억이 없다. 영인이 말로는 칼을 본 후에 내가 정신을 잃었다고 한다.

남해일 때문에 유익표와 호여준의 일에 끼어들게 됐고, 결과적으로 슬정아를 알게 됐다. 그리고 지금, 다시 하윤정의 일을 눈앞에 두고 있다.

"윤정아! 하윤정!"

슬정아가 하윤정의 이름을 불렀다. 하윤정과 무리가 우리를 쳐다봤다.

"윤정아, 왜 전화 안 받아! 오늘 학교 끝나고 떡볶이 먹기로 했잖아!"

무리의 아이들이 서로 눈짓을 주고받았다. 하윤정이 우리를 보고 놀란 표정을 지었다. 나라도 그랬을 거다. 슬정아가 하윤정 앞으로 저벅저벅 걸어가자, 하윤정을 둘러싸고 있던 무리가 홍해가 갈라지듯 두 갈래로 갈라졌다. 슬정아가 하윤정의 팔을 잡아끌었다.

"아, 아."

하윤정이 팔이 아픈지 눈을 찡그렸다. 어떠냐, 검지의 맛이! 우린 엄마 오리를 따라가는 아기 오리들처럼 슬정아의 뒤를 졸래졸래 따라갔다. 쟤 뭐야, 이런 소리가 들렸지만 굳이 우리를 쫓아오진 않았다. 골목을 벗어나 다른 길로 들어서자 더는 무리가 보이지 않았다. 슬정아가 하윤정의 팔을 놨다. 어쩌면 하윤정이 슬정아의 팔을 뿌리친 것인지도 모른다.

"뭐, 뭐야."

하윤정이 물었다. 슬정아는 아무런 말을 하지 않았다.

"쟤네 누구야?"

내가 물었다.

"네가 무슨 상관인데!"

하윤정이 나를 보며 소리를 질렀다. 아휴 진짜. 저런 애는 도와줄 필요가 없다.

"그냥 가자."

나는 슬정아에게 팔짱을 꼈다. 유익표와 호여준은 뒤에 멀뚱멀뚱 서 있었다.

"저기."

하윤정이 입을 열었다. 드디어 고맙다는 말이라도 하려나?

"하나도 안 고마워."

"와 진짜."

영인이가 말리는 바람에 앞으로 뛰어나가지 못했다.

"나, 너 이제 하나도 안 무서워."

슬정아가 말했다.

"넌 아무것도 아니야."

슬정아가 아기 오리들을 향해 "가자!"라고 말했다. 우린 말 잘 듣는 모범생 오리답게 슬정아를 뒤뚱뒤뚱 따라갔다. 슬정아의 발걸음이 너무 빨라 숨이 가빠 올 정도였는데, 슬정아의 발걸음은 좀체 느려질 생각이 없어 보였다.

"아, 제발!"

슬정아의 어깨를 잡았다.

"왜 이렇게 빨라."

나뿐만 아니라 영인과 유익표, 호여준도 가쁜 숨을 내쉬었다. 슬정아가 고개를 돌렸다. 슬정아의 눈이 붉었다. 넌 아,무,것,도 아,니,야, 라고 또박또박 말하던 모습과는 달랐다. 슬정아의 어깨를 잡고 있던 내 손도 같이 떨렸다. 슬정아는 떨고 있었다.

"괜찮아?"

슬정아가 고개를 저었다. 슬정아는 아무렇지 않은 건 아니었다. 발끝에서부터 머리끝까지 온 힘을 끌어모은 것이다. 검지의 힘이 이제 필요 없다는 슬정아의 말이 떠올랐다. 검지의 힘이 아닌 슬정아의 힘으로 하윤정과 당당히 마주했다.

"그런데 좀 아파. 손, 손 좀."

내 손은 슬정아의 어깨를 짚고 있었다.

"어, 어, 어. 뭐야?"

슬정아의 어깨에서 손을 떼자 슬정아가 자신의 어깨를 주물렀다.

"너무 아파. 특히 손가락, 검지 쪽이."

불현듯 이상한 예감에 사로잡혔다. 심상치 않은 일이 발생했다.

"내 팔뚝 눌러 봐."

슬정아가 자신의 검지로 내 팔뚝을 지그시 눌렀다. 간지러웠다!

"네가 검지 힘이 필요 없는 건 알겠는데, 아니, 도대체 나는 왜에!"

솔직히 고백할 게 하나 있다. 좀 전에 슬정아네 집에서 슬정아에게서 검지의 힘을 가져오고 싶다는 생각을 일부러 하지 않았다. 진짜 나에게 돌아올까 봐. 물론 세상에는 이런 힘을 원하는 사람이 있을 테고, 나도 처음에는 신기하고 기뻤다. 일부러 냉장고 옆면에 검지를 대고 있는 힘껏 힘을 주기도 했고(조금 들어갔다) 젓가락을 구부리기도 했다. 그러나 도대체가 다섯 손가락도 아니고, 엄지도 아닌 검지에 힘이 좀 생겼다고 해서 좋은 일은 찾을 수가 없었다.

귀찮을 뿐이었다. 그래서 다시 가져오고 싶다는 생각을 아주 흐릿하게 했다. 안 했다는 뜻이다.

"그렇게 싫으면 나 줘!"

이런 말을 한 사람은 유익표가 아닌 호여준이었다.

"그래, 가져라, 가져! 젓가락 집을 때 조심하고!"

나는 농담 반 진담 반으로 말했다. 내가 준다고 보낼 수 있으면, 주고 말지. 덤으로 다른 것도 줄 수 있으면 주고. 이를테면 냄새 같은 것 말이다.

"고마워, 진짜."

호여준이 웃음기 하나 없는 얼굴로 말했다. 마치 정말 힘을 얻었다는 듯이 능청스럽게.

"응, 돈은 됐어. 마음만 받을게."

눈에는 눈, 이에는 이란 말이 있다. 지금과 딱 어울리는 말은 아니지만 어울리지 않는 말도 아니다. 호여준의 재미없는 농담에 재미없는 대답으로 응수했다.

"너, 너, 핸드폰. 핸드폰 조심해."

유익표가 말했다.

"야, 이 힘이 되게 애매한 힘이야. 힘주면 쇠젓가락도 구부러뜨릴 수 있지만 핸드폰을 부서트리지는 못해. 물론 엄청엄청 힘주면 부서질 수도 있겠지만, 그럴 일은 없잖아."
"너 말고. 쟤."
호여준 손에 들린 핸드폰의 검지 부분이 깨져 있었다.
"그래서 고맙다고 했잖아!"
호여준이 이번에는 웃는 얼굴로 말했다.

2. 영웅은 아무나 된다   호여준

　호여준이 검지의 힘을 왜 갖고 싶었는지는 모르겠지만, 내가 주고 싶다는 마음이 간절하고 상대방이 갖고 싶은 마음이 간절하다면 힘을 줄 수 있다는 사실을 깨달았다. 지금 상황에 논리는 필요하지 않다.
　그럼 애초에 검지의 힘이 나에게 온 것부터 말이 안 된다. 그냥 검지의 힘이 나에게 왔고, 그 힘을 누군가에게 보낼 수 있다는 사실을 받아들이는 수밖에 없다. 세상엔 이런 일들이 많은 것 같다. 우선 엄마가 그렇다. 내가 엄마를 선택했던가? 아빠는?
　무엇보다 나는 나를 선택한 적이 없다. 내가 나를 선택할 수 있었다면 눈은 가로로 더 길게, 코는 오뚝하게 했을 테고, 마음에는 기쁨과 사랑이 넘치게 했을 것이다. 슬픔이나 고독, 불평이나 원망 따윈 없는 마음을 선택했을 거다.

즉, 검지의 힘이 왜 내게 왔는지를 알아내려면 내가 왜 나로 태어났는지를 알아야 한다. 영인도, 슬정아도, 유익표도, 호여준도 아닌 왜 연하지로 태어났는지에 대한 비밀이 풀리면 검지의 비밀도 풀릴 테지.

"힘만 안 주면 되는 거지?"

호여준은 쉬는 시간이면 대개 책상에 앉아 소설책이나 교과서를 읽었는데 검지의 힘을 얻고 나서는 자꾸 나에게 왔다. 다른 애들이 우리 쪽을 힐끔거렸다.

"티 내지 마. 너 그러다 유튜버가 취재 올 수도 있어."

호여준은 내 말을 가볍게 무시하고 검지 활용법에 대해 물었다. 검지의 힘이 얼마나 사소한 힘인지 설명할 때마다 한숨을 푹푹 내쉬었다.

"무의식 중에 힘줄 때 있잖아. 그때만 조심하면 돼."

"차 못 막아?"

"그 정도로 대단한 게 아니야. 에휴, 말을 말자."

호여준은 어깨를 바닥까지 내려뜨리고 자리로 돌아갔다. 호여준의 실망이 고스란히 느껴졌지만 어쩌겠나. 만약 수업 내용을 백 프로 흡수할 수 있는 초능력이 생긴다면 얼마나 좋을까. 그럼 누구에게도 나누지 않을 텐데.

*

영인은 요즘 수학 학원을 다닌다. 원래는 아침에 눈뜨자마자 잠들 때까지 함께 시간을 보냈는데 고등학교 1학년이 되면서 함께하는 시간이 점점 줄어들었다. 영인은 공부를 열심히 하기로 마음먹은 것 같다.

인서울 하겠다나.

인서울, 인서울. 나는 지금처럼 하면 인서울은 못할 것 같다. 이런 말을 하면 누가 거짓말하지 말라고 할 수도 있겠지만 좋은 대학에 가고 싶다는 욕망도 없다. 난 왜 이 모양일까.

"이거 투 플러스 원이야. 두 개 더 가져와."

호여준이 천하장사 소시지의 바코드를 찍으며 말했다. 영인은 수학 학원에 가고, 나는 친구들을 찾아 어슬렁거리다 호여준이 일하는 편의점에까지 당도했다.

"그냥 하나만 먹을 거야."

"너 부자구나!"

호여준이 느릿느릿 고개를 들더니 감탄했다. 부자는 아니지만 부자 취급은 기분 좋았다.

"그래도 그냥 세 개 사. 그리고 나 두 개 주라."

유익표와 호여준이 중학생 시절 친했다고 했을 때도 믿지 않았는데, 지금 하는 행동들을 보니 둘이 친할 만했다.

"편의점 알바하면 폐기 상품 주지 않아?"

"여긴 안 줘. 아주 악독하거든."

악독한 편의점 주인 때문에 나는 천하장사 소시지 세 개를 샀다. 손님이 없어서 호여준과 의자에 나란히 앉아 먹었다.
"왜 검지의 힘이 필요한 거야? 너도 알겠지만 세상 쓸데없어. 검지의 힘 정도로는 할 수 있는 게 없거든."
"영웅이 되고 싶어서."
음료수나 물을 마시지 않은 게 다행이었다. 그럼 주르륵 흘러내렸을 테니까.
"영웅?"
호여준이 고개를 끄덕였다. 히어로도 아니고 영웅이라니. 투박한 단어가 호여준의 순박해 보이는 더벅머리와 어울렸다.
"왜?"
"나 어릴 때부터 슈퍼맨이나 캡틴 아메리카 같은 히어로물 되게 좋아했거든. 세계 평화를 수호하고 지구를 지키는 히어로, 영웅. 언젠가 나도 영웅이 될 줄 알았는데, 현실은 뭐."
호여준이 오래 입어 실밥이 터진 파란색 편의점 재킷을 내려 봤다. 나도 어릴 땐 내가 공주가 될 줄 알았다(되고 싶은 건 절대 아니었다). 아니면 뭔가 특별한, 그러니까 지금과는 전혀 다른 사람이 될 줄 알았다. 누구나 입는 교복을 입고 소시지를 씹어 먹는 아이 말고.
어쩌면 영인이가 우리보단 더 어른스러운지 모르겠다. 공주나 영웅이 되겠다는 결심보단 인서울 하겠다는 결심이 더 현실적이니까.
"화이팅."

나는 호여준의 어깨를 토닥였다.

검지의 힘으론 지구는커녕 자신의 몸이나 지키면 다행이었다. 그러나 그런 말을 입 밖에 내진 않았다. 사회성이 있다고는 할 수 없지만 아예 없지는 않았으니까. 비 오고 난 뒤 작은 웅덩이에 고인 물만큼은 있다.

"손님 없다고 앉아서 놀기나 하고. 이번 주는 알바비 없을 줄 알아."

갈색 선글라스를 끼고 고동색 등산 바지에 붉은색 셔츠, 쪼리를 신은 아저씨가 편의점 문을 열자마자 말했다. 호여준이 말한 악덕 사장인 듯했다. 악덕 사장으로부터 호여준을 구해내고 싶었지만 나는 내 몸 하나 지키기도 벅차다. 그리고 어릴 때부터 쌓아 온 촉이 나에게 말하고 있었다. 피하라고.

갈게, 라는 인사도 없이 마치 로봇처럼 어색하게 편의점 문을 열고 나왔다. 편의점을 나오자 용기가 샘솟아서 호여준에게 톡을 보냈다.

―알바비 안 주면 신고하면 돼. 걱정 마.
―순간 이동 능력도 생긴 거 아니야? 눈 감았다 뜨니 안 보이더라. 그렇게 빠른 줄 몰랐네.

답장은 하지 않았다.

*

호여준은 영웅은 못 된 채 평소처럼 지냈다. 쉬는 시간이면 문제집을 풀거나 자리를 비웠고, 수업 시간에는 조용히 수업을 들었다. 유익표가 아니라면 호여준은 존재감이 0에 수렴할 만큼 남들 눈에 띄는 행동을 하지 않았다.

일부러 그러는 게 아니다. 호여준은 그냥 그런 아이다. 영인과 내가 그렇듯이. 유익표가 일부러 튀는 게 아니듯이. 세상에는 무대 위에 올라가는 사람만 있는 게 아니다. 무대 뒤편에서 묵묵히 음향을 체크하고 다음 순서도 정리하고 가끔은 코를 파며 딴짓하는 애들도 있다. 나는 웬만하면 코 파며 딴짓하는 애에 속하고 싶다. 그런데 영웅이라니. 영웅이 되려면 되게 부지런해야 하는 거 아닌가. 남들 잘 때 일어나서 사람을 구해야 하니까. 공주는 늦잠이라도 자지.

"호여준 어디 갔어?"

유익표가 물었다.

"내가 그걸 어떻게 알아."

"네가 알지, 그럼 내가 아냐?"

무슨 뜻일까? 유익표는 말을 두 번 세 번 꼬아서 하는 애가 아니었다. 주위를 돌아보니 아이들이 나와 유익표를 보고 있었다.

"너 요즘에 맨날 호여준만 보잖아."

눈이 마주친 아이들 중에 몇 명이 고개를 끄덕였다.

맞는 말이다. 그런데 그게 좋아해서가 아니라 딱해서라는 걸 어떻게 설명해야 할까.

나는 유익표에게 한 발자국 다가가서 조용히 말했다.

"입 좀 닥쳐."

유익표가 나를 지그시 내려보더니 큰 소리로 "미안해. 제발 때리지 마." 했다. 지나가던 정태현이 "와 학폭."이라고 말을 보탰다.

나는 조용히 의자에 앉았다. 일찍부터 깨달았는데 유익표는 내가 이길 만한 상대가 아니었다. 내가 기는 사람이라면 유익표는 걷는 사람이었고, 내가 걷는 사람이라면 유익표는 나는 사람이었다. 유익표가 천연 곱슬머리를 휘날리며 나를 지나쳐 갔다. 동시에 호여준이 교실로 돌아왔다.

"학기 초에 네가 유익표 쌩깠잖아, 나 그 이유 알 것 같아."

호여준은 어깨가 축 처져서 자리에 앉았다. 검지 힘을 달라고 할 때가 가장 생기 있었던 것 같다. 나도 자리에 앉았다. 누군가 책상을 똑똑 두드려서 보니 슬정아가 귤을 내밀었다.

"오, 여름의 귤이네. 어디서 났어?"

슬정아가 어깨를 으쓱하고 자리로 갔다. 슬정아의 책상에 귤이 세 개나 있었다. 슬정아가 귤을 까서 한입에 쏙 넣었다. 돌아보니, 하윤정이 검은색 봉지에서 귤을 꺼내 애들에게 나눠 주고 있었다.

"나는?"

하윤정이 내 책상에 놓인 귤을 보곤 그냥 지나치려고 하고 있었다.

"있잖아."

"이건 정아가 준 거고."

하윤정이 잠시 서 있다가 귤을 하나 꺼냈다. 앗싸. 나는 귤 두 개를 들고 슬정아를 바라봤다. 하윤정은 그날 일에 대해 가타부타 말이 없었다. 저런 애, 괜히 도와줬어, 라고 생각했는데 새콤한 귤을 입에 넣고 나니 그런 생각이 일순간에 사라졌다.

입에 넣자마자 침이 고일 정도로 귤이 새콤해서만은 아니다. 가식일지라도 슬정아를 빼놓지 않고 귤을 준다는 점이 그랬다. 앞으로도 더 가식적이었으면 좋겠다고 생각했다.

*

영인은 수학 학원에 이어서 영어 학원까지 다니기로 했다. 사람이 갑자기 변하면 죽는다던데 '인서울'이란 무엇인가. 영인과 방에 누워 아이스크림을 퍼 먹으면서 만화책을 읽고 유튜브를 보던 시절은 지났다. 영인은 인서울을 향해 달렸고, 나와는 그만큼 멀어졌다.

"또 학원 가?"

영인이 어색하게 웃었다.

"그래라, 뭐."

나도 웃었다. 영인이 나를 지나쳐 갔다. 입이 삐죽 나오려고 해서 힘을 줘야 했다.

"오리냐?"

유익표가 나를 툭 치고 지나갔다. 쭉 내민 입술에서 힘을 풀었다. 다행히 눈물도 쏙 들어갔다. 유익표가 도움이 될 때도 있구나.

호여준이 보고 싶어서가 아니라 심심해서, 할 일이 없어서 편의점으로 향했다. 호여준은 주말에 독서·논술 학원에 다니는 것 외에는 학원을 다니지 않는다고 했다. 평일엔 특별한 일이 없는 한 편의점 아르바이트를 하는 것 같았다.

삐뽀삐뽀.

경보가 울렸다. 초록색 바지에 빨간색 땀복을 입은 편의점 사장을 봤기 때문이다. 안 마주치는 게 상책이다.

"에휴 진짜, 여기서 이러시지 말라니까요!"

세상에는 싸움을 좋아하는 사람이 있기 마련이다. 나는 슬금슬금 발걸음을 옮겼다.

"매번 이러시네. 답답해서 원."

카톡으로 호여준에게 메시지를 보냈다.

―너 그냥 편의점 옮기면 안 되냐?

1이 사라졌는데 답장이 없었다.

*

하교하는 길에 동네를 배회했다. 나는 내가 사는 동네를 꽤 좋아한다. 인천 서구 검암동. 빌라와 신축 아파트가 무질서하게 섞여 있고 온갖 맛있는 음식들이 널렸다. 나는 반듯한 직선 길보다 구불구불한 곡선 길을 좋아한다. 직사각형 모양의 도로와 상점보다는 서로 다른 모양의 골목들이 이어져 있어, 골목을 지날 때면 여행 다니는 기분이 든다. 이제는 많이 다녀 눈 감아도 알 수 있지만 그래도 골목을 돌기 전엔 늘 두근거린다.
"정영인이랑 싸웠어?"
뒤를 돌아보니 유익표였다.
"걔 바빠. 학원 다니거든. 인서울 할 거래."
"야망이 크군."
유익표가 훈장님처럼 고개를 끄덕이면서 말했다.
"여준이네 편의점 가서 라면 안 먹을래?"
유익표 뒤를 따라 걸었다.
"우리 너무 자주 마주치지 않아?"
오늘만이 아니라 며칠 전에도 골목에서 마주쳤다.
"같은 동네 사니까."
아, 그렇구나!

"너도 학원 안 다녀?"

유익표가 고개를 끄덕였다.

"역시 공부 안 하는구나."

편의점엔 주인 아저씨가 있었다.

"야, 우리 그냥 가자."

내가 말릴 새도 없이 유익표가 편의점 문을 열고 들어갔다. 띠링. 손님이 왔음을 알리는 소리가 울렸다.

"폐기 음식 먹지 말라니까. 말을 안 들어."

아저씨가 호여준을 혼내는 중이었다. 음료 냉장고 앞에 서 있던 호여준은 듣는 둥 마는 둥 삼각 김밥을 베어 물었다. 보통 폐기는 먹게 해 주지 않나.

"진짜 너무하네."

유익표한테만 들릴 정도로 말했다.

"안녕하세요!"

"어, 익표 왔냐!"

유익표가 꾸벅 인사를 했다. 아저씨가 우리 쪽으로 왔다.

"밥 먹었냐?"

"아직이요."

유익표의 말에 아저씨는 카운터 앞에 진열되어 있는 천하장사 소시지를 몇 개 뭉텅이로 집어 유익표에게 내밀었다. 그러고는 뒷주머니에서 지갑을 꺼내더니 "에이 없네. 현금 좀 가지고 다녀야지." 하고는 카운터로 가서 현금 통을 열었다.

"호여준! 폐기 먹지 말고 가서 애들이랑 뭐라도 좀 사 먹어."

아저씨가 5만 원짜리 한 장을 꺼내서 호여준을 향해 내밀었다. 호여준이 받을 생각을 하지 않자 아저씨가 카운터에서 나와 유익표의 손에 돈을 쥐어 주었다.

"좋은 거 먹으라니까 말을 안 들어."

아저씨가 다시 호여준에게 가서 삼각 김밥을 뺏었다. 그러곤 자기 입에 쏙 집어넣었다.

"가, 얼른. 가라."

앞의 가, 얼른은 호여준에게 한 말이고 가라는 나를 보고 한 말이다.

"여자 친구?"

이건 유익표를 보면서 한 말. 유익표가 두 손을 들고 아니, 라고 말하는 순간 아저씨는 편의점 문으로 뛰어나갔다.

"어머님! 어머님! 그러지 좀 말라니까."

"저놈의 오지랖은. 가자!"

호여준이 아저씨를 보고 혼잣말을 하고는 우리를 바라봤다.

얼떨결에 호여준을 따라나섰다. 할머니는 편의점 앞 테이블에 놓인 누가 먹다 버린 바나나를 챙기고 있었다.

"위생이 안 좋다고요. 병원비가 더 들어."

아저씨는 말할 때마다 웅변하듯 핏대를 세웠다. 빨간색 셔츠는 땀에 젖었다 말랐다를 반복했는지 등과 겨드랑이 부분이 얼룩덜룩했다.

"아빠 진짜."

"아빠야?"

호여준이 고개를 끄덕였다. 폐기도 못 먹게 하는 사장이 아니라 폐기는 못 먹게 하는 사장이었다.

"그때 왜 아빠라고 안 했어?"

"말하려고 했는데 네가 사라졌어. 순간 이동한 줄."

호여준, 유익표와 함께 분식집에 갔다. 둘은 나한테 뭐가 먹고 싶은지 물어본 후에 내 의사와는 상관없이 떡볶이에 쫄면, 떡만둣국에 제육 볶음과 돈가스를 주문했다. 그러곤 나한테 다시 물었다.

"더 먹고 싶은 건 없어?"

엄마가 20대 시절엔 웰빙이란 말이 유행했다고 한다. 모든 물건이랑 음식 앞에 웰빙을 붙이며 삶의 지표처럼 여겼다고. 지금 유행하는 말은 소통이다. 검은색 정장 바지를 입고 파운데이션을 바른 남자가 나와서 소통을 해야 한다고 울부짖었고, 와인색 치마를 입은 여자가 나긋한 목소리로 소통의 중요성을 강조했다. 이런 이야기를 길게 하는 이유는, 소통이 전혀 되지 않기 때문이다. 뭐가 먹고 싶냐고 물어본 후에 답을 듣지도 않고 주문해 놓고, 다시 먹고 싶은 걸 물어보는 태도는 소통하자는 사람의 태도가 아니다.

"치즈 김밥."

"에이, 느끼해."

유익표가 말했다. 화장실에 다녀오니 치즈 김밥이 내 앞에 놓여 있었다. 실컷 먹고도 2만 원이 남았다. 호여준이 코인 노래방에 가자고 했다. 지폐를 동전으로 바꾸는데, 유익표가 소리쳤다.

"정영인이다!"

고개를 드니 정말 영인이가 노래방으로 들어오고 있었다.

"정영······."

얼른 유익표의 입을 틀어막았다. 영인은 유익표의 목소리를 못 들었는지 그대로 비어 있는 방으로 들어갔다. 유익표가 일어서려고 해서 말렸다.

"왜? 같이 놀면 좋잖아."

나는 고개를 저었다. 영인이는 분명 오늘 영어 학원에 간다고 했다. 서운하긴 했지만 그 말을 한순간도 의심하지 않았다. 그런데 지금 혼자 코인 노래방에 왔다.

"나 갈게. 쟤한테 내 얘기하지 마."

"둘이 싸웠어?"

나는 몰래 노래방을 빠져나왔다. 무표정하게 노래방에 걸어 들어오는 영인의 모습이 머릿속을 맴돌았다. 학원에 간다는 말은 거짓말이었다. 설마 인서울도 거짓말일까? 물어보면 된다. 하지만 가서 물어보지 않은 건 영인이를 믿지 못해서겠지. 영인이가 아니라 영인이를 믿지 못하는 내가 낯설었다.

"같이 가."

뒤를 돌아보니 호여준이었다.

"놀다 오라니까."

호여준이 고개를 저었다. 호여준과 나란히 걸어가다가 "검지의 힘, 하나도 쓸데없지?" 하고 물었다. 낮도 밤도 아닌 초저녁의 어스름한 빛이 주변을 감쌌다. 실연당한 적도 없는데 실연당한 사람이 된 것 같았다.

눈에 눈물이 고인 느낌이 들어서 셀카를 찍었다.

"뭐 해?"

"지금 좀 예쁜 것 같아서."

호여준이 한숨을 내쉬었다.

"매일 밤 검지의 힘을 생각해. 어디에 쓸 수 있을까. 언젠가는 쓸 수 있을까."

"그렇다니까. 그걸론 영웅 못 돼. 뭔가가 더 있어야 해."

"그게 아니야. 그걸 생각하다 보면 영웅이 된 기분이 들어."

호여준과 걸어가는 사이에 해가 졌다. 햇살에 빛나던 거리의 간판들이 빛을 잃고 차분해졌다. 여름에 가까워질수록 해가 길어진다. 어느 날은 해가 지지 않을 것 같은 막막한 기분이 들기도 한다. 지지 않을 것 같은 해가 지는 날에야, 여름은 끝날 것이다. 나는 이제 그걸 아는 나이가 됐다.

"너는 그래도 실수는 안 하네. 난 깜빡하면 숟가락 구부러뜨렸는데."

"난 갑자기 흥분할 일이 없거든. 늘 지루해, 인생이."

아파트 앞에 도착했다. 나는 23층에 산다. 엄마가 지지리 궁상맞게 살다가 궁상맞게 죽을 것 같다고 아파트라도 높은 층에 살아 보자고 우겼다. 인생에 한 시기쯤은 높은 사람이 되어야 하지 않겠냐면서. 높은 데 산다고 높은 사람이 되는 것 같지는 않지만 호여준의 영웅 타령을 듣자니, 조금 이해가 됐다. 달라지고 싶은 거겠지.

"뭐가 그렇게 지루해. 아직 못 해 본 게 얼마나 많은데. 나는 얼른 대학 가서 연애도 하고, 도서관에서 밤샘 공부도 하고 싶어."

"둘 다 지금도 할 수 있는 거 아니야?"

맞는 말이긴 했다. 그러나 지금은 하고 싶지 않았다. 꼭 대학 가서 하고 싶었다. 그중에 가장 하고 싶은 건 영인과 단둘이 여행하는 것이었다.

"아빠처럼 살다가 죽을 것 같아."

고동색 바지에 붉은색 셔츠를 입은 아저씨가 떠올랐다. 막 등산을 다녀왔다고 해도 이상하지 않을 차림새였다. 폐기 음식은 자기가 먹을 테니 자식한테는 좋은 거 먹으라고 하고, 썩은 바나나를 먹는 할머니를 말리는 사람. 뭣보다 아들 친구들에게 5만 원권을 선뜻 내주는 사람이었다.

"아저씨가 왜? 옷은 좀 촌스럽게 입으시지만, 나빠 보이지 않는데."

호여준이 두 팔을 하늘 높이 뻗었다. 가방이 무거워서 뒤로 동그랗게 말릴 것 같았다. 혹시 넘어질까 싶어서 옆으로 다가섰다. 호여준은 넘어지지 않았다.

"간다."

호여준이 긴 다리와 두 팔을 휘적이며 걸어갔다. 바람 풍선이 떠올랐다. 뒷모습만 봐도 영웅이 되긴 어려울 것 같았다. 엘리베이터를 타고 5층, 7층, 13층, 18층을 지나 23층에 당도하는 동안, 나는 호여준이 말하는 게 뭔지 이미 알고 있다는 걸 깨달았다. 어쩌면 나도 영웅 같은 게 되고 싶은지 모른다고. 그리고 여전히 그럴 가능성을 믿고 있다는 사실까지도.

집엔 아무도 없었다. 그렇다고 앞치마를 두르고 국자를 든 채 반겨 주는 엄마를 그리워한 적도 없다.

혼자 조용히 침대에 누워 있자니 눈물이 났다. 그리고 눈물 흘리는 내가 좋았다. 단짝 친구의 거짓말을 목격한 지금도 '슬픔에 빠진 나'를 포기하지 못한다. 한심해라! 그래도 사진은 찍어야지.

카톡 앱에 들어가서 영인을 차단했다. 이어 영인의 번호도 삭제했다. 그러나 삭제하는 순간에도 010으로 시작하는 영인의 번호가 기억에서 사라지지 않았다. 번호를 잊기엔 너무 깊숙이 서로의 생활에 스며들었다.

*

영인과는 일주일 동안 한마디도 하지 않았다. 내가 말을 걸지 않으니까 영인이도 말을 건네지 않았다. 대신 나는 슬정아와 점심을 같이 먹기 시작했다. 영인은 급식도 먹지 않았다. 말을 하지 않는 시간이 길어지자 원래부터 영인과는 친구가 아닌 것만 같은 느낌이 들었다. 7년의 우정도 아무 소용없었다.

"너도 해 봐."

정아가 숟가락을 검지로 눌렀다. 당연히 숟가락은 구부러지지 않았다. 나도 해 봤다. 꿈쩍도 하지 않았다. 해서, 온몸으로 힘을 주는데 영양사 쌤이 등장했다.

"목격한 것만 두 번째야."

"저 아니에요."

"네, 그러시겠죠. 밥 먹고 남아라."

나 혼자 영양사실에 들어갔다. 정아는 의리가 있는 편은 아니었다.

나도 의리가 있는 편은 아니어서 정아를 이해 못 하는 건 아니었지만, 자기는 의리 없어도 남은 의리 있길 바라는 게 인간이다. 내로남불이 본성이고, 그렇지 않은 게 성숙한 인간이다. 정아는 본성을 거스르지 못했다.

"슬정아, 이 의리 없는 놈."

"내 욕했어?"

슬정아가 급식실 앞에서 기다리고 있었다. 정아는 본성을 거슬렀다. 어쩌면 의리 있는 게 인간의 본성인지도 모른다.

"아니."
"했네."
"진짜 아니야."

슬정아와 급식실을 나와 운동장을 지나 교실로 돌아가는데, 호여준이 보였다. 호여준은 검지의 힘으로 숟가락을 구부러뜨리지도 않고 스텐 난간을 누르지도 않는다. 마치 없는 것처럼 지내고 있다.

"또 저러네."

슬정아가 말했다. 호여준은 경비 아저씨를 도와 비품 정리를 하고 있었다. 경비 아저씨가 왼 다리를 끌며 비품을 호여준에게 넘겨줬다.

"또 저래?"
"호여준이 맨날 아저씨 도와주잖아."

사람은 타인에 대해 얼마나 알까. 최근에 호여준을 많이 알게 됐다고 여겼는데 모르는 것투성이였다. 영인이가 떠올랐다. 영인이와 서로 모르는 게 없는 사이라고 생각했는데 지금은 영인에 대해 아는 게 없는 것 같았다. 전쟁 때문에 헤어진 이산가족처럼.

"부전자전이네."

슬정아와 교실로 들어갔다. 책상에 엎어져 있는 영인이 보였다. 옆자리를 스쳐 지나가는데, 영인이 어깨를 들썩이고 있었다. 마치 우는 것처럼……. 정말 밉지만, 우는 영인을 그대로 둘 수 없었다. 나도 모르게 다가가서 무릎을 꿇었다.

"왜 그래?"

영인이 고개를 옆으로 돌렸다. 얼굴에 눈물 자국이 가득했다. 영인이 다시 책상에 엎드려서 울었다. 5교시가 시작되고 국어 선생님이 들어왔다. 자리로 돌아와 뒤를 돌아보니 고개를 든 영인의 눈시울이 아직도 붉었다.

"어디 아파? 보건실 다녀올래?"

국어 선생님이 영인을 향해 물었다. 영인이 자리에서 일어났다. 내가 따라 일어나자, 선생님이 고개를 끄덕였다.

영인의 뒷모습을 응시했다. 왼쪽 어깨가 오른쪽 어깨에 비해 내려가 있었다. 180도를 기준으로 오른쪽 어깨는 5도 정도 올라가고, 왼쪽 어깨는 5도 정도 내려갔다. 도합 10도의 기울기가 영인을 위태롭게 보이게 했다.

"거기 보건실 아니야!"

영인이 계단을 내려가서 왼쪽으로 꺾었다. 주차장으로 빠지는 후문이 나왔다. 재빨리 따라가 보니 영인은 이미 문을 열고 나간 후였다.

"왜 그래?"

영인이 뛰기 시작했다. 나는 졸지에 따라 뛰어야 했다. 영인이 파란색 아반떼와 남색 산타페를 지나 빨간색 모닝 앞에서 발걸음을 멈췄다. 모닝에 손을 대고 고개를 숙인 채 들썩였다.

다가가 영인의 등에 손을 얹었다. 영인의 숨결이 손을 통해 전해졌다. 한참을 흐느끼던 영인이가 고개를 들었다. 앞머리는 이마에 달라붙어 있고, 얼굴엔 땀과 눈물이 뒤섞여 있었다. 시큼한 냄새도 풍겼다.

"내 인생 망한 것 같아."

영인이 말했다.

"나 어떡해, 하지야."

영인이 주저앉았다. 옆에 앉아 같이 있어 주는 것밖에 할 수 있는 게 없었다. 노래방에서 영인을 본 이후에야 나를 일부러 피했다는 걸 알았다. 내가 싫어진 거라고 생각했다. 그런데 지금 이 순간, 나를 피한 게 싫어서가 아니라는 사실에 안도했다. 친구가 슬퍼하는 와중에도 내 생각만 한다는 게 죄책감을 자극했다. 영인이 다 울었는지 고개를 들었다.

"우리 엄마 아빠 이혼한대."

"뭐?"

망치로 뒤통수를 맞은 것처럼 어질어질했다.

"너희 뭐 하는 거야?"

저 멀리서 역사 선생님이 우리를 지켜보고 있었다.

"수업 시작한 지가 언젠데. 들어가!"

나는 영인에게 무슨 말을 해야 할지 몰라서 우물쭈물하다가 그대로 교실로 돌아가 버렸다. 영인은 들어오지 않았다.

영인은 분명히 그랬다.

내 인생 망한 것 같다고.

영인의 말대로라면 내 인생도 망했어야 했다. 우리 엄마 아빠도 이혼을 했으니까.

*

영인은 7교시에도 교실로 돌아오지 않았다.

기억을 떠올려 보자면, 어린 시절의 나는 친구를 쫓지 않았다. 왕따나 은따를 당한 건 아니다. 혼자 책을 읽고 블록을 쌓고 퍼즐을 맞추는 걸 좋아했다. 그중에 가장 좋아하는 건 누워서 하늘 보기. 놀이터에 가서 친구들이 있으면 같이 놀곤 했지만, 심심하다는 이유로 친구를 찾아다니지는 않았다. 두루두루 잘 지내지만 친한 친구는 없고 그냥 친구만 있는 애. 그게 나였다.

그러다 영인을 만났다. 영인을 만나고 비로소 한 사람을 알아 가는 기쁨을 알았다. 영인의 얼굴에서 나를 봤고, 영인의 슬픔에서 내 슬픔을, 영인의 기쁨에서 내 기쁨을, 영인의 성장에서 나의 성장을 봤다. 그렇게 우정을 나눴다.

"영인이는 보건실에서 바로 집으로 갔나?"

정아가 가방을 멘 채 나를 기다리고 있었다.

"그게 나랑 무슨 상관이야."

정아가 눈을 끔뻑끔뻑했다.

"왜 나한테 짜증이야."

그러게 왜 정아한테 이럴까. 내가 너무 싫어서 엎드렸다. 눈물이 나지 않았지만, 괜히 어깨도 들썩였다. 정아한테 미안해서, 내가 너무 싫어서. 고개를 들었는데 정아가 아직 서 있었다. 검지를 뻗고서.
"너 설마?"
정아가 검지로 내 이마를 밀었다. 안 밀렸다.
"검지의 힘이 필요해, 지금 이 순간."
나는 입을 쭉 내밀었다.
"정영인이랑 앞으로 절대 안 놀 거야."
사실 영인이랑 놀고 싶었다, 정아보다도 더.

*

정아와 같이 교문을 나섰다. 원래는 영인이와 함께 걸어야 할 길이었다. 나는 친구를 한 번에 한 명밖에 사귀지 못하는 저주에 걸린 걸까.
"호여준, 오늘도 그러네."
정아가 말한 방향으로 고개를 돌리니 호여준이 경비 아저씨를 따라가고 있었다. 곡괭이 같은 걸 들고서.
"저게 뭐야? 호미야?"
아저씨는 왼쪽 다리를 끌면서 걷느라 걸음이 느렸다.
"아저씨 다쳤어?"

지난번에도 왼 다리를 끌면서 걸었던 게 떠올랐다. 정아가 고개를 끄덕였다. 나는 확실히 주변에 관심이 없다. 경비 아저씨를 마주치면 고개를 꾸벅 숙이고 안녕하세요, 라고 인사를 하지만 저 멀리서 지나가면 굳이 살피지 않는다. 나는 영화와 드라마에는 푹 빠져 있지만 실제 주변 현실에는 크게 관심이 없다.

"지난달에 다치셨대. 그때부터 호여준이 아저씨 따라다니면서 무거운 것도 들어 드리고 비품 정리도 도와줘. 호여준, 좀 멋있지 않아?"

정아의 시선이 호여준을 떠나지 않았다. 나한테 호여준은 신장개업하는 가게의 바람 인형 같은 존재였다. 자꾸 눈길을 끌지만 멋있어서는 아니다.

"내 말은 진짜 멋있다는 게 아니라, 아 뭐라고 해야 하지. 얼굴이 멋있는 게 아니라 행동이 멋있다고. 난 못 그러거든."

그건 나도 마찬가지였다.

"어랏. 뭘 파는데?"

호여준이 곡괭이로 벤치 주위를 파는 모습이 보였다. 아저씨는 보이지 않았다. 정아와 함께 가 보니 호여준이 땀을 뻘뻘 흘리고 있었다.

"뭐 하는 거야?"

"보면 몰라. 땅 파잖아."

"왜 파는지 모르겠지만, 검지로 파 봐."

호여준이 고개를 들었다. 땀이 뚝뚝 떨어졌다. 피식 웃더니 "이게 되겠, 어, 뭐야, 되네." 했다. 호여준이 검지로 땅을 파기 시작했다. '검지의 힘'도 자기가 호여준에게 가서 저런 일을 할 줄은 몰랐겠지.

"와, 잘 판다아."

호여준이 땀인지 눈물일지 모를 투명한 물을 흩뿌리며 땅을 팠다. 나를 거쳐 슬정아에게 건너갔던 검지의 힘이 호여준에게로 가서 땅을 파고 있었다. 저렇게 쓰려고 애원해서 얻어 간 검지의 힘이 아닐 텐데……. 안타깝지만 검지의 힘을 보내 줄 뿐 어떻게 쓰든 관여할 수 없었다.

"근데 왜 파는 거야?"

"나도 몰라. 그냥 파래."

호여준 팔 길이만큼 구덩이가 파인 후에야 호여준은 털썩 주저앉았다.

땅파기를 끝낸 호여준을 기다렸다가 함께 편의점으로 갔다. 아저씨가 입구에서 또 누군가를 향해 "하지 마시라니까."라는 말을 하고 있었다. 아저씨의 직업은 편의점 사장이 아니라 누군가를 말리는 사람 같았다.

"아빠, 이제 제가 볼게요."

호여준이 말하자 아저씨가 괜찮다니까, 하며 또 말렸다.

"폐기 먹지 마. 멀쩡한 거 먹어. 친구들도 같이 먹어요."

아저씨는 등산복이 꽤 많았다. 주황색, 하늘색, 고동색. 형형색색의 옷들이었다. 다만, 유심히 보지 않으면 늘 똑같은 옷을 입고 다니는 느낌을 주었다.

아저씨가 편의점을 나가자, 호여준은 금세 옷을 갈아입고 왔다. 편의점 조끼가 교복보다 잘 어울렸다. 우린 각자 컵라면에 구운 계란, 삼각 김밥 하나씩을 앞에 두고 앉았다. 호여준은 손님이 들어오면 카운터로 갔다가 손님이 나가면 다시 테이블로 왔다.

"거긴 왜 판 거야?"

"몰라, 파라니까 팠지."

일급비밀도 아니고. 아저씨는 정말 구덩이를 왜 팠을까? 졸업하기 전엔 알 수 있을까?

"나 진짜 궁금해. 아저씨한테 내일 물어봐 주면 안 돼?"

호여준은 나를 한심한 눈빛으로 바라봤다.

"또 저러시네."

호여준이 자리에서 벌떡 일어서서 편의점을 나갔다. 호여준네 편의점은 외부에도 테이블이 두 개 있다. 밖에선 몰골이 초췌한 사람이 손님들이 음식을 먹다 남긴 테이블을 살피고 있었다. 누군가 남긴 구운 계란을 집어먹으려는 찰나에 호여준이 그 손을 잡았다. 아저씨가 입맛을 다셨다. 호여준이 안으로 들어와 폐기로 남겨 둔 삼각 김밥과 폐기가 아닌 구운 계란을 집어 들곤 다시 나갔다. 아저씨 손에 그것들을 쥐여 주고 등을 떠미는 모습이 보였다.

"그 아빠에 그 아들이네."

호여준이 검지로 문을 밀면서 들어왔다. 호여준은 검지의 힘을 꽤 잘 다뤘다. 힘을 줘야 할 때와 주지 말아야 할 때를 알았고 강약도 조절할 수 있었다. 검지를 다루는 능력이 탁월해서 다른 사람에게 주지 않고 평생 갖고 있어도 좋겠다 싶지만, 호여준이 원하는 영웅은 되지 못할 것 같았다.

"아, 귀찮아."

호여준이 투덜거리면서 앉았다. 얼굴에는 짜증이 잔뜩 묻어 있었다.

"귀찮으면서 왜 해? 네 일도 아니잖아."

"아빠가 하잖아."

언제는 아빠처럼 살다가 죽을까 봐 겁이 난다더니.

"아빠가 한다고 너도 해야 돼?"

"저게 오늘 유일한 식사일 거야."

호여준이 테이블 위에 놓인 구운 계란을 손바닥으로 밀면서 말했다. 계란 껍질이 바스라졌다. 계란 껍질 되게 못 까네. 나는 내 몫의 구운 계란을 껍질까지 까서 호여준에게 내밀었다.

"너 먹어."

호여준의 입에 계란을 쑤셔 넣었다.

"많이 먹어."

호여준이 미간이며 눈이며 찌푸릴 수 있는 모든 얼굴 근육을 찡그렸다.

"이것도 먹어."

슬정아가 자신의 계란도 호여준의 입에 쑤셔 넣었다.

"아, 정말."

호여준이 미간을 찡그리며 자리에서 일어났다. 동시에 손님이 들어왔다. 지겨워, 하는 혼잣말이 들렸다.

정당하게 계산하고 먹고 있는 손님이긴 하지만, 바쁜 시간에 테이블을 차지하며 피해 주고 싶지 않아서 슬정아와 함께 일어났다. 호여준은 가라, 마라 등의 인사도 없이 생수 바코드를 찍고 있었다. 내가 사장이었으면 당장 해고했을 텐데, 사장이 아빠라 잘릴 일은 없어 보였다. 물론 임금 체불은 좀 있어 보여도.

"우리 엄마 아빠 이혼했어."

슬정아와 집으로 걸어가는데, 문득 말하고 싶다는 생각이 들었다. 비밀은 아니다. 그러나 친하지도 않은데 혹은 친하다 할지라도 대뜸 부모님 이혼 사실을 알릴 필요는 없으니까 말을 하지 않았을 뿐이다. 부모의 이혼이 흠은 아니더라도 자랑도 아니니까.

내 입으로 엄마 아빠의 이혼 사실을 처음 말한 친구는 바로 영인이었다. 영인은 '그래서?'라고 했다가 '아아, 미안. 근데 그런 얘기 왜 하는 거야?'라고 했다. 며칠이 지나서 영인이 말했다. 사실은 괜찮아?라고 물어보고 싶었는데 동정하는 것처럼 느껴질까 봐 걱정됐다고. 자신이 이혼에 편견을 가진 사람처럼 보일 것 같아서 그런 사람이 아니라는 걸 표현하고 싶었는데 무심한 사람처럼 되었다고 했다. 해명할까 말까 며칠 동안 고민했고, 그 때문에 밤에 야식을 먹어서 살이 2킬로그램이나 쪘다는 말도 덧붙였다.

나는 그때 뭐라고 말했나. 보통 스트레스 받으면 살이 빠지지 않아? 했던 것 같다. 영인이 야아, 하고 눈을 흘긴 후에 우린 그전처럼 떠들었다. 그때 영인에게 이혼 이야기를 한 건 가벼워지고 싶어서였다. 아빠와는 자주 만나고, 엄마와 아빠가 헤어진 게 같이 사는 것보다 차라리 낫다고 생각하는 편이지만 그래도 부모의 이혼이 아무렇지 않은 건 아니었다. 위장에 돌덩이를 얹은 것만 같은 기분, 그래서 늘 더부룩했다. 영인이한테 돌덩이에 대해 이야기하는 것만으로도 한결 편해질 것 같았다.

"그래서?"

정아가 말했다.

"아니 내 말은."

정아가 조심스레 말을 골랐다.

"괜찮아?"

나는 고개를 끄덕였다. 내가 아홉 살에 이혼했으니 이미 오래전 일이다. 괜찮지 않을 리가 없었다. 그런데 영인은 말했다. 엄마 아빠 이혼한대. 내 인생 망했어. 영인은 내 부모의 이혼

소식을 듣고 내 인생이 망했다고 생각한 걸까.

"누가 이혼한다고 해서."

"누가?"

나는 고개를 저었다.

"말하고 싶으면 언제든 말해. 넌 나의 은인이야."

"내가?"

"사부님."

정아가 고개를 끄덕이더니 두 손을 맞잡고 절도 있는 태도로 고개를 숙였다. 정아는 상처에서 많이 회복된 것처럼 보였다. 우리는 아파트 단지 앞에서 헤어졌다.

소파에 벌러덩 누워 가만히 있는데 눈물이 흘렀다. 이번엔 셀카를 찍지 않았다.

우정은 끝났다.

*

"아 냄새."

나만 한 말이 아니다. 동시에 몇 명에게서 터져 나온 말이다. 2교시가 시작되기 직전에야 등교한 호여준에게선 꾸리꾸리한, 직접적으로 말하자면 똥 냄새가 났다. 머리뿐만 아니라 상의와 하의도 젖어 있었다. 똥통에라도 빠졌나.

"똥 싸다 늦었어?"

유익표가 덤덤하게 물었다. 호여준은 귀찮다는 듯이 인상을 찌푸리곤 자리에 앉았다. 킥킥거리는 소리가 여기저기서 들렸지만 그뿐이었다. 아무 일 없었다는 듯이 3교시가 시작됐다. 그러나 해가 깊숙이 들면서 교실의 열기가 뜨거워지는 만큼 냄새도 올라왔다. 호여준이 조퇴를 하고 나서야 교실은 똥 냄새로부터 해방되었다. 아무도 호여준의 조퇴를 아쉬워하지 않았다.

영인과는 그날 이후로 투명인간처럼 지낸다. 불과 몇 달 전까지만 해도 만나기만 하면 웃느라 정신없었다. 지나가다 낙엽이 데구르르 구르기만 해도 서로의 팔을 때려 가며 깔깔거려서 사람들이 이상한 사람 보듯 한 적도 있다. 정아도 좋은 친구지만 영인이만큼 웃음 코드가 맞진 않았다. 영인은 담임의 종례가 끝나자마자 가방을 들고 일어났다. 말 시킬 생각도 없었는데 마치 내가 말을 걸까 봐 겁이라도 난다는 듯이.

나는 부러 오랫동안 자리에 앉아 있었다. 교실을 나가자 긴 다리를 앞으로 쭉 빼고 나를 기다리고 있는 유익표가 보였다.

"가자."

우리는 일주일이 지나서야 똥 냄새의 원인을 알 수 있었다.

*

교실이 소란스러웠다. 물론 매일 소란스럽지만 화장실을 다녀온 사이에 기류가 바뀐 느낌이었다.

"호여준 다시 봤어."

호여준이란 이름이 귀에 쏙 들어왔다.

"들었어?"

정아가 물었다. 뭘,이라고 하기도 전에 "호여준 내가 다 키운 거라니까." 하며 거들먹거리는 유익표 목소리가 들렸다.

"네가 뭘 키워?"

"애들은 어른이 하는 거 고대로 따라 하잖아. 내가 베푸는 걸 보고 배운 거지."

"표창장? 그거 받으면 대학 가는 데 도움이 되나?"

평소에 거의 말을 하지 않던 하유민이 물었다. 도대체 무슨 말인지 몰라 어리둥절한 채 있으니 누가 신문 기사를 내밀었다.

똥통에서 시민 구한, 용감한 시민 영웅

신문 모퉁이엔 호여준과 호여준 아빠가 어색하게 웃고 있는 사진이 실려 있었다. 아저씨는 처음 보는 보라색 셔츠를 입고 있었다. 땀 흡수가 잘되는지 목덜미 부분이 얼룩덜룩했다.

"야! 호여준이다!"

호여준이 교실에 들어오자마자 아이들이 오오오오, 환호를 질렀다.

유익표는 호여준에게 제일 먼저 달려갔다.

"상금 얼마 받았냐? 네가 오늘 쏘는 거지?"

신문 기사는 유익표가 교무실에서 받아 온 거라고 한다. 국어 선생님이 지역 신문을 살펴보다 호여준의 이름을 발견했다고. 호여준이 학교 가는 길에 똥통을 뒤집어쓸 뻔한 아주머니를 구해 줬다고 했다. 학교 가는 길에 똥통이 있을 확률이 얼마나 될까?

내가 사는 곳은 대단지의 새 아파트와 빌라, 논밭이 함께 있는 곳이다. 구획이나 정돈, 계획, 질서란 말과는 어울리지 않는 곳. 가을이 되기 전에 비료를 뿌릴 요량으로 용달차에 비료를 싣고 가는 모습을 상상했다. 그 비료가 일반 비료가 아니라 똥통이라면?

용달차가 급정거를 하면서 똥통이 바닥에 떨어지고 지나가던 아주머니가 봉변을 당할 뻔한 걸 호여준이 온몸으로 막았다고 했다. 기사 말미에 '그냥 어쩌다가'라며 자신의 선행이 아무것도 아니라는 듯이 머리를 긁적이는 겸손함 또한 보여 줬다고 쓰여 있었다.

국어 시간이 시작되자마자 호여준의 선행이 선생님의 입에서 다시 전해졌고, 호여준은 똥통 영웅이라는 별명을 얻게 되었다.

아이들이 집에 가고 호여준과 나만 남았다. 나지막이 영웅, 이라고 불렀다. 호여준이 뒤를 돌아보곤 한숨을 내쉬었다.

영인과 말을 하지 않으니 호여준과 노는 시간이 많아졌다.

호여준을 한마디로 말하면 무해한 사람이었다. 호감형은 아니었다. 호여준도 누군가에게 잘 보이고 싶은 마음이 없는 듯했다. 세상 모든 일에 무심한 듯 행동하면서 자신이 할 일은 묵묵히 해냈다.

"야, 이 힘, 그냥 가져가."

호여준이 편의점 가는 길에 말했다. 오후 3시가 넘어가는데도 아직 햇볕은 정오처럼 뜨거웠다. 절기로 보면 여름의 시작인데, 체감으로는 여름의 절정 같았다. 상의를 손으로 펄럭이자 시원한 공기가 들어왔다.

"이거 때문에 똥, 암튼 재수가 없으니까 그냥 가져가."

"내가 뭐 달라면 주고 가져가라면 가져가는 사람이야? 무례해, 너."

"무례?"

"정영인도 그렇고 너도 그렇고 무례해."

"영인이는 왜?"

"걘 위선자야. 나한텐 부모님 이혼 같은 건 아무것도 아니라더니. ……애기 귀엽다."

몸집이 작은 아이가 언덕으로 올라가는 길가에 쭈그리고 앉아 꽃도 아닌 풀을 관찰하고 있었다. 엄마는 애들 웃는 소리도 듣기 싫다고 했는데, 나는 어린이가 마냥 좋다.

"부모님 이혼하셨어?"

호여준이 물었다.

"왜? 그래서? 뭐 어쩌라고."

호여준이 걸음을 멈췄다.

"그냥 물어본 거야."

당황한 기색이 역력했다. 이번엔 호여준이 무례해서 일어난 일이 아니다. 내가 무례해서 벌어진 일이다.

"가자."

시무룩하게 말했다. 언덕이라 숨이 가빠 왔다. 걸음을 옮기는데 따라오는 소리가 들리지 않았다. 고개를 돌리니 호여준이 여전히 그 자리에 서 있었다.

"알았어, 미안해."

호여준이 어딘가를 뚫어지게 보다가, 몸을 돌려 언덕 아래로 뛰었다. 그제야 굴러 내려오는 리어카가 눈에 들어왔다. 폐지 줍는 할아버지가 끌고 다니던 리어카였다. 할아버지가 종이 박스와 각종 전단지들이 바람에 날려 흩어지는 모습을 언덕 위에서 망연자실한 눈빛으로 쳐다보고 있었다. 리어카는 울퉁불퉁한 언덕에서 방향을 바꿔 가며 아이를 향해 돌진했다.

호여준과 리어카의 대결이었다.

콰아아악.

눈을 질끈 감았다. 소리가 나고 한참 후에 눈을 떴다. 리어카에서 삐져나온 종이 박스가 파편처럼 흩어져 있었다. 정신을 차리고 호여준에게 달려갔다.

"괜찮아?"

호여준을 덮친 종이 더미를 헤치며 물었다. 호여준이 몸을 일으켰다. 품에는 초등학교 1학년 정도로 보이는 아이가 안겨 있었다. 멋있어.
"너, 영웅 같아."
호여준의 이마에서 피가 흘러내렸다. 머리는 산발을 하고, 손 이곳저곳에 상처로 가득했다. 교복 상의는 말려 올라가 있었고 바지는 찢어져 있었다.
아이는 겉보기에는 멀쩡해 보였다.
정말 멋있어. 다시 한번 감탄했다.
그래, 이게 바로 영웅의 맛이지.

*

호여준은 병원에 입원했다. 타박상이라 입원할 필요는 없었는데 아이의 부모가 우겨 마지못해 입원했다. 학교에도 연락한다는 걸 호여준이 사정사정하며 말렸다. 똥통 영웅에 이어 폐지 영웅까지 되고 싶지 않단다. 정아에게 연락이 와서 간단한 상황 설명을 했더니, 정아가 유익표에게 소식을 전했다. 다들 빈손으로 왔다는 점이 호여준의 기분을 상하게 했다.
"눈을 씻고 봐도 예의는 찾아볼 수가 없네."
유익표는 호여준이 퇴원하면 거하게 밥을 산다고 했다. 그래봤자 떡볶이에 순대, 라면이 전부겠지만. 정아는 음료 기프

티콘을 보내 주기로 했고, 나는 호여준이 원하는 걸 들어주기로 했다.

"난 리어카가 굴러 내려오는지도 몰랐어."

"넌 주위를 안 보잖아."

"그런 게 눈에 보여?"

호여준이 고개를 끄덕였다. 교실에 있는지 없는지도 모를 정도로 조용히 지내면서 경비 아저씨의 아픈 다리를 발견하고 짐을 옮겨 주고, 똥통에 빠질 뻔한 아주머니를 도와주느라 학교에 늦고, 할아버지가 손에서 놓쳐 굴러 내려오던 리어카에 아이가 다칠까 봐 온몸으로 막아선다. 처음엔 유익표가 섬세하고 호여준은 둔하다고 여겼다. 둘은 다른 방식으로 섬세했다.

만약 그날, 우리 반에 나 대신 호여준과 유익표가 있었다면 어땠을까? 남해일이 칼을 잡은 손을 벌벌 떨면서 울 일은 없었을까?

영인의 말에 의하면 남해일은 그날, 누구도 찌르지 않았다. 내 상상에선 남해일이 어자인을 몇 번이나 찔렀는데, 실제 남해일은 그 누구도 찌르지 못했다. 점심시간이 끝났음을 알리는 종이 치자 남해일은 책상에 칼을 내려놓고 학교를 나갔다고 했다. 그리고 다신 돌아오지 않았다.

"내 말 안 들려?"

호여준이 검지를 내 눈앞에 들이밀었다.

"깜짝이야."

"이거 다시 가져가라고. 이거 받아 온 후로 똥통에 빠지고 머리에 피 나고. 더 이상 가지고 있다간 몸이 남아나질 않을 것 같아. 영웅 같은 거 되고 싶지 않아. 무엇보다 검지는 두 번 다 쓰지도 못했어."

휴우. 내가 준다고 했냐, 네가 가져간다고 했지.

"이게 내 부탁이야."

한마디 하려고 했는데.

"부탁 한 가지 들어준다고 했잖아."

유익표처럼 밥 사 주기가 차라리 낫지 않을까, 생각하던 차에 간호사가 수액을 바꾸러 들어왔다. 이 인용 병실이지만 다른 베드는 비어 있어 호여준 혼자 쓰는 것이나 마찬가지였다.

"친구들 와서 좋겠네. 심심하면 텔레비전 봐도 돼."

간호사가 텔레비전을 틀었다. 뉴스에서 보궐 선거를 앞둔 정치인들이 나와 한 표를 호소했다.

"소중한 한 표를 주신다면, 지역 발전으로 보답하겠습니다! 이 지역을 구해 내겠습니다!"

정치인은 검지로 자신의 포스터를 가리키며 소리쳤다. 이어 미국 뉴스가 보도되었다. 곧 있을 대선 유세 관련 내용이었다. 후보가 검지로 자신을 가리키며 사자후를 토했다. 자막을 보니 "저를 뽑아 주신다면 세계를 구해 내겠습니다."라고 되어 있었다. 미국도 아니고 세계라니……. 역시 미국은 스케일이 남달랐다.

"씨발 새끼들."

수액이 호여준의 몸에 잘 들어가는지 체크하던 간호사가 혼잣말을 했다. 놀람과 동시에 풋, 웃음이 나와 황급히 손으로 입을 틀어막았다.

"속으로 말한다는 게……. 실수."

간호사가 나를 향해 눈을 찡긋하더니 호여준에게 고개를 돌렸다.

"뭐 먹고 싶은 거 말해. 네가 꼬마 아이 구했다며? 정말 대단하다."

간호사는 수줍음과 다정함이 고루 담긴 얼굴로 말했다.

"감사합니다."

간호사가 문을 닫기 직전, 호여준을 향해 씨익 웃었다. 방금 전, 욕을 했다는 게 믿기지 않았다.

"정영인은 왜 안 온 거야?"

유익표가 물었다. 나는 어깨를 으쓱했다. 어색한 공기가 흘렀다.

"여자들 우정 별거 아니네."

유익표가 말했다. 명백히 차별적인 발언이었지만 반박하고 싶은 마음이 들지 않았다.

"갈게. 학교에서 봐."

정아와 유익표가 먼저 나갔다. 문을 닫으려는데 호여준이 나를 불렀다.

"다쳐서가 아니야."

호여준이 깁스를 하고 누운 채로 고개만 돌리고 있었다. 뼈가 부러지진 않았지만 단순 타박상이라고 말하기엔 꽤 많이 다쳤다. 종이는 가볍지만 꽤 예리한 무기이기도 하다.

"무서워. 감당 못할 것 같아."

호여준은 온몸에 타박상을 입고 나서야, 똥이 온몸에 묻고 나서야 영웅의 무게를 알게 됐다고 했다. 세상은 진짜 영웅들이 구하고 자기는 지금처럼 자신을 보살피겠다고 말했다. 영웅 같은 건 꿈도 꾸지 않겠다고. 나는 호여준이야말로 진짜 영웅이라고 생각했지만 입 밖에 내지는 않았다. 누군가는 세계를 구한다. 누군가는 자신과 주변을 구한다. 그리고 세계를 구한다고 으스대고 다니는 사람들보다 조용히 자신과 주변을 살피는 사람들이 나는 더 좋다.

호여준이야말로 검지의 힘을 가질 마땅한 자격이 있다고 생각하는 것과 별개로, 호여준이 검지의 무게에 눌리지 않기를 바랐다. '가져갈게.'라고 말하는 순간, 검지의 힘이 내게 돌아온 걸 알 수 있었다.

빠르다 빨라.

썩 반갑지는 않았다.

3. **우정은 강물처럼 흐른다**   정영인

 검지의 힘이 슬정아에게 갔다가 나에게 돌아왔다가 다시 호여준에게 갔다가 나에게 돌아왔다. 호여준처럼 검지의 힘을 잘 조절할 수 있다면 괜찮지만 급식실에서 수저를 구부러뜨리다 영양사 쌤에게 혼날 게 뻔하다.
 혹시 떠넘길 만한 사람이 없을까 살폈는데 전혀 보이지 않았다.
 "호여준 일어나 봐."
 초록색 넥타이를 맨 담임이 교실에 들어오자마자 호여준을 불렀다. 역사 교과 담당인 담임은 독특한 무늬의 넥타이가 많았는데 스승의 날엔 눈물을 표현한 넥타이를 맸고, 어버이날엔 한석봉 엄마로 보이는 누군가가 눈을 감고 떡을 써는 그림이 그려진 넥타이를 했다.
 "다들 박수."

나와 정아, 유익표만 빼곤 모두 어리둥절한 채로 박수를 쳤다. 호여준이 얼굴을 종이 구기듯 구겼다.
 "다들 경비 아저씨 다치신 거 알지? 여준이가 그동안 경비 아저씨 도와서 비품을 정리했다는 거야. 아저씨가 교무실로 찾아와서 여준이 칭찬 좀 해 달라고 하셨어. 내 어깨가 다 으쓱하더라."
 아이들이 오오, 하면서 박수를 쳤다.
 "지난번에 똥통에서 아주머니 구해 준 것도 들었지?"
 호여준이 책상에 엎드렸다.
 "다시 박수."
 박수 소리에 귀가 얼얼했다. 아이들의 박수 소리가 커질수록 선생님의 목소리도 덩달아 올라갔다. 마치 전장의 장군 같았다.
 "게다가!"
 이제 하이라이트인 아이를 구한 이야기가 나올 참이었다.
 "선생님!"
 호여준이 벌떡 일어났다.
 "화장실 다녀오겠습니다!"
 호여준의 뒷모습이 문밖으로 사라질 때까지 박수와 함성이 멈추지 않았다. 영웅이 되지 않아서 다행이야. 더더욱 검지의 힘을 감춰야겠다는 결심이 섰다.
 "기쁜 소식 다음에는 슬픈 소식이 기다리고 있지."

선생님이 녹색 넥타이를 매만지면서 말했다.
"이번엔 영인이 일어나 봐."
영인이 주뼛주뼛 일어났다.
"영인이가 전학 가게 됐어. 어머님이 이직하시면서 영인이도 같이 가게 됐다니까 다들 속상하더라도 전학 가기 전까지 더 많은 시간 보내도록."
영인이 자리에 앉았다. 나도 모르게 자꾸 고개가 돌아갔다. 영인과 눈이 마주치자마자 서로 내기라도 한 듯이 고개를 돌렸다. 엄마 말로는 같이 살던 부부도 돌아서면 남이라는데, 친구가 뭐라고. 한 교실에서 어색하게 지내는 것보다는 차라리 안 보는 게 나을지도 모르겠다.
아빠는 내가 엄마와 살겠다고 하자 삐져서 몇 달간 연락을 안 하기도 했다. 그 후엔 울면서 전화가 왔다. 내 똥 기저귀 갈아 주고 젖병 물려 준 이야기까지 하면서 나를 원망했다. '아빠는 어른이잖아, 진정해.' 내가 할 수 있는 말은 그것밖에 없었다.
"영인이다."
정아와 터벅터벅 걸어가는데 영인이 보였다. 학교 앞 횡단보도에 서 있었다. 호여준과 유익표도 뒤에서 따라오는 길이었다. 영인은 자발적 왕따였다. 누군가 말을 걸어도 제대로 대답조차 하지 않고 귀찮은 티를 팍팍 냈다.
부모가 이혼했다고 세상이 끝나나. 부모는 부모고, 우리는 우리지.

영인은 갑자기 멈춰 서더니 허공을 향해 삿대질을 했다.

"쟤 왜 저래?"

그 순간 영인이가 만약에 미친 거라면 용서할 수도 있겠다는 생각이 스쳤다. 그래, 차라리 미쳐라.

"그만해!"

나는 신호가 바뀌자마자 달려가서 영인의 검지를 잡아챘다.

"너 미쳤어?"

영인이 검지를 빼려고 애쓰면서, 핸드폰을 든 채 외쳤다.

"그래 나 미쳤다!"

영인이가 전화기를 바닥에 던지곤 나를 노려봤다.

"놔!"

기세에 놀라 검지를 놓아 버렸다.

"너는 진짜 나빠! 나쁜 애야! 친구도 아니야!"

화내야 할 사람이 누군데.

영인이 나를 밀쳤다. 내가 일어나기도 전에 아파트와 빌라 사이의 골목으로 뛰어갔다. 정아와 함께 영인이 달리는 곳을 향해 뛰었다. 뒤를 돌아보니 유익표와 호여준도 따라오고 있었다.

"너넨 왜 와?"

영인은 골목을 돌아, 또 다른 골목으로 들어갔다.

"어디까지 갈 거야?"

더 이상은 못 갈 것 같다는 생각이 들 때쯤 언덕이 나왔다. 호여준이 리어카로부터 아이를 지켜 준 곳이었다.

영인이 언덕을 올랐다. 언덕까지 따라갈 정도의 우정이나 분노는 남아 있지 않았다. 마음과 몸이 합의한 결과, 그만 따라가자는 결론을 내렸다. 언덕을 올라간다는 건 절대 쫓아오지 말라는 의미일지도 모르니까. 마지막 눈치는 남아 있었다.

"야, 왜 안 와?"

유익표가 뒤를 돌아봤다. 나만 빼고 다 뛰어오르고 있었다.

"나도 가?"

"당연하지. 친구잖아."

"너만 친구로 생각하지, 쟤는 널 친구로 생각하지도 않아."

맨 앞에서 달리고 있는 영인에게도 들릴 만큼 큰 소리로 말했다. 오후 4시가 넘어가고 있었지만 여름이 절정으로 치달으면서 더위에 숨이 턱턱 막혀 왔다. 땀이 비 오듯 흘러서 온몸이 끈적였다. 영인에게 묻고 싶었다.

넌 나를 친구로 생각하긴 했니?

열일곱 해를 살아온 동안 내 인생에서 부모님을 뺀다면 영인만 남는다. 영인이 나를 부정할 때 나는 내 유년 시절이 통째로 부정당하는 것 같아 공포스러웠다. 불구덩이 속에 있는 기분이 들어서 빠져나오고만 싶었다.

"너는? 너는 쟤 친구로 생각해? 왜 그러는지 물어는 봤어?"

유익표가 말했다. 부모가 이혼한다는 게 왜 인생이 망한 거냐고 물어봤어야 한다는 뜻인가. 자존심이 상해서, 영인의 입에서 어떤 말이 나올지 몰라서 묻지 못했다.

유익표를 따라 나도 다시 뛰었다. 영인은 멈출 생각이 없어 보였다. 뜨거운 햇살을 맞으며 언덕을 오르자니 사막을 달리는 기분이 들었다. 유익표를 제치고, 호여준을 제치고, 정아까지 제치자 영인이 나왔다. 언덕 꼭대기였다. 언덕 꼭대기에서 뜨거운 햇볕을 받으며 영인과 나는 거친 숨을 토해 냈다.

"내가 왜 나빠? 네가 나쁘지!"

고작해야 이런 말이 튀어나왔다. 영인이 하나를 말하면 두 개를 말하고, 두 개를 말하면 열 개를 말해야겠다고 생각했는데 영인은 아무 말도 하지 않았다. 정아와 유익표, 호여준이 도착해서 가쁜 숨을 몰아쉴 동안에도.

"죽고 싶어. 나는 태어나지 말았어야 해."

왜 그런 말을 하냐고 소리 지르려던 찰나에, 영인이 덧붙여 말했다. 땀인지 눈물일지 모를 뭔가를 뚝뚝 흘리면서.

"둘 다, 나 안 데려간대!"

그리고 내 눈을 응시했다.

"너랑 달라. 나는 진짜 망했어."

영인이 죽도록 미웠는데 이젠 내가 미웠다. 영인이 망했다고 한 건 부모님이 이혼해서가 아니었다. 우리 부모님은 이혼하면서 서로 나를 키우겠다고 싸웠다. 영인의 눈시울이 가을 노을보다 붉었다.

"말을 하지."

이게 아니야.

"미안해, 영인아. 내가 미안해."

영인이를 끌어안았다. 영인이 한 말을 오해하고 미워했다. 영혼의 동반자라고 생각한 친구였는데 내가 받은 상처만 생각했다.

"아이야, 내가 이안애."

영인이 울음이 섞여서 발음이 뭉개진 채 말했다. 정수리에서 땀이 흘러내리는 동시에 눈에서 눈물이 흘렀다. 햇볕이 내리쬐는 언덕 꼭대기에서 부둥켜안고 있자니 슬픈 와중에도 숨이 턱턱 막혔다.

"영화 찍냐?"

유익표가 셔츠 단추를 풀면서 물었다.

"왜? 예쁘냐? 여배우 같아?"

유익표가 고개를 절래절래 흔들면서 눈을 질끈 감았다.

"부탁이 있어."

영인이 내 팔을 밀면서 말했다.

"검지 힘, 나 줘."

"그건 왜?"

"혼내 주려고."

영인이 한숨을 크게 내쉬었다.

"가만 안 둘 거야."

*

영인이와 마주 보고 앉아서 이야기를 나눈 지 체감상으론 백만 년 만인 것 같았다. 영인의 눈은 벌에 쏘인 것처럼 퉁퉁 부어 있었다. 편의점 안에 사람이 꽉 차 있어, 실외 파라솔에 앉았다. 오후 5시가 가까워져 오는데도 아직 공기가 뜨거웠다.

한여름은 쉽게 가지 않는다. 사람을 들들 볶아 전과 다른 사람을 만든 후에야 유유히 떠난다.

"이거 하나도 쓸모없어."

호여준이 눈을 찡그렸다.

"고작해야 숟가락 구부리는 게 다야. 그 정도 힘은 그냥 운동하는 애들도 갖는 힘이야. 기대하지 마."

"와, 이래서 감탄고토라는 말이 있구나."

"감탄고토가 뭐야?"

유익표가 물었다.

"아는 게 뭐냐? 너는 달라고 사정할 땐 언제고 이제 필요 없다고 뒤돌아서면 욕하냐?"

"아, 뒤에서 욕하는 게 감탄고토야?"

"줄 거지?"

"호여준 말이 맞아. 이거 진짜 애물단지야."

"검지로 딱밤 때리면 어떨 것 같아?"

"작살나지."

영인이 엄지와 검지를 이용해 부모의 딱밤을 때리는 상상을 했다. 아마 뒤로 넘어가겠지?

영인은 부모님이 이혼할 줄은 알고 있었다고 한다. 그런데 어쩐지 나한테는 이야기할 수 없었단다. 이혼이 창피해서가 아니라 내가 본인 때문에 부모의 이혼을 다시 떠올리게 될까 봐 걱정이 되었다고 한다. 그러다 영인은 나를 피해 다니던 시기에 한밤중에 부모가 싸우는 소리를 들었다.

'네가 데려가.' 엄마가 소리 지르자 '내가 왜? 어? 내가 잘못했어? 내 잘못도 아닌데 왜 내가 데려가?'라고 아빠가 말했다고 한다.

"둘한테 나는 뭐였을까? 벌칙 같은 건가. 잘못한 사람이 책임져야 하는."

영인이 궁금하지 않다는 표정으로 말했다. 이미 다 알고 있다는 표정으로.

"혼내 줘야 해."

나는 마치 말 안 듣는 아이를 두고 할 법한 말을 했다. 어른이라도 잘못하면 혼나야 한다. 아이들은 잘못할 때마다 교정을 받지만, 어른은 잘못해도 교정을 받지 못해서 이상한 어른들이 팝콘처럼 튀어나오는 것 같다.

"너, 줄게."

두 번의 경험으로 나는 힘을 주는 방법과 회수하는 방식을 알고 있었다.

"줘! 라고 간절하게 말해. 그럼 내가 줄게, 라고 할게. 중요한 건 간절한 마음이야. 하나, 둘, 셋!"

"줘!"

"줄게!"

눈을 감을 필요까진 없는데……. 영인이 눈을 떴다.

"눌러 봐."

가방에 단 스텐으로 만든 토끼 모양의 참을 내밀었다. 아까웠지만 친구를 위해 이 정도는 내어 줄 수 있다.

"더 세게. 힘은 조절할 수 있는 거야."

호여준이 경험자답게 조언을 했다. 토끼 귀는 아직 접히지 않았다.

"힘준 거야."

내 검지로 영인의 손에 들린 토끼 참의 귀를 눌렀다. 토끼 귀가 맥없이 뒤로 접혔다. 힘이 영인에게 가지 않았다.

"너 안 주고 싶었던 거 아니야?"

"아니거든?"

누구보다 영인의 부모를 혼내 주고 싶은 건 나였다. 낳아 달라고 사정한 것도 아닌데, 낳았으면 책임을 져야 하는 거 아닌가? 부부는 이혼할 수 있지만 자식은 다르다. 어른들은 입만 열면 책임, 책임하면서 막상 책임질 일만 생기면 도망가기 바쁘다. 모든 어른들이 그런 게 아니라서 이렇게 말하면 엄마가 쌍심지를 켜고 혼을 낼 테지만, 이런 이야기를 안 하려면 뉴스를 끊어야 한다. 뉴스에는 무책임한 어른들 천지다.

"들어와. 시원해."

아저씨가 문을 열고 말했다.

"감사합니다."

말은 그렇게 했지만 이제 집에 가야 할 시간이었다. 애들과 헤어지고 영인과 둘이 집으로 갔다. 골목을 지나는데 영인과 오랜만에 걷는다는 생각이 들었다.

"지금 다시 해 볼까?"

영인이 고개를 저었다.

"안 될 거야."

"아니야. 호여준이랑 네가 뭐가 달라? 호여준이 되면 너도 되겠지."

영인이 걸음을 멈췄다. 내가 뒤돌아보자 영인이 말했다.

"나 사실, 아까 간절하게 외치지 않았어."

"왜?"

영인이 고개를 저었다. 영인이의 마음은 참 알다가도 모르겠다.

영인과 헤어지고 집에 가는 길에 톡을 보냈다.

―영인아 미안해. 나는 네가 부모님이 이혼해서 망했다고 하는 줄 알았어. 매일 붙어 다녔는데 아직도 너를 모르나 봐. 네가 그럴 애가 아닌데.

―이혼도 무서워.

―괜찮아. 내가 부모님 이혼 선배잖아. 아무것도 아니야.

―이혼 선배?

'ㅋㅋㅋㅋ'를 보내면 'ㅋㅋㅋㅋㅋㅋㅋ'로 되돌아왔다. 'ㅋ'만으로도 서로의 마음이 전달됐다. 미친 사람처럼 핸드폰을 보며 어깨를 들썩이고 있는데 엄마 손을 잡은 어린이가 나를 보는 게 느껴졌다. 재빨리 사회인의 표정으로 돌아왔다. 웃다가 갑자기 정색하니 아이가 놀란 것 같아 다시 미소를 지었다. 아이가 엄마 손을 꽉 잡았다.

나도 엄마 아빠 손을 꼭 잡고 다닐 때가 있었다. 낯선 곳에 갈 때면 아이가 의지할 사람이라곤 부모밖에 없으니까. 한 손은 아빠 손, 한 손은 엄마 손. 둘이 헤어진다길래 엄마 손을 잡겠다고 했다. 가끔은 아빠 손도 잡겠다고 했고. 언젠가 엄마와도 갈 길이 달라지면 엄마 손을 놓고 내가 원하는 곳으로 갈 것이다.

영인의 부모는 영인의 손을 놓고 서로에게 떠넘긴다. 영인이가 물건도 아닌데.

"저 언니 이상해."

엘리베이터에서 내리는데 아이가 엄마에게 말하는 소리가 들렸다. 문이 닫히기 직전 아이에게 윙크를 했다. 예방 주사라고 해 두자. 세상에는 이상한 사람들 천지니까 미리 나 같은 사람을 만나 두는 것도 나쁘지 않다.

*

　오늘 저녁은 꽃등심이었다. 고등학생인 딸의 체력 증진을 위해서가 아니라, 엄마가 먹고 싶어서 사 왔다고 했다. 나는 자기가 1순위인 엄마 아래서 자랐기 때문에 그림책이나 교과서에서 자식에게 치킨의 다리와 날개를 양보하는 엄마를 보면 낯설었다. 책이 거짓말하는 줄 알았다.
　이혼하고 한참 후에, 엄마가 재산의 일부를 포기하고서라도 내 양육권을 가져오려고 애썼다는 사실을 알곤 어리둥절했다. 딸을 위해 닭 다리는 양보 못 하지만 재산은 양보하는 엄마라니. 멋지다, 멋져. 물론 그 후로도 닭 다리를 양보받은 기억은 없다.
　"검지의 힘을 달라더니, 진심은 아니었대."
　어른들 중 검지의 힘을 알고 있는 사람은 엄마뿐이었다. 슬정아나 호여준이 제 부모에게 말하지 않았다고 한 게 사실이라면.
　"그런 부모라도 아프게 하긴 싫은가 보네."
　엘리베이터에서 엄마 손을 꼭 잡고 있던 어린이가 떠올랐다.
　"그때 엄마랑 아빠가 나 안 데려간다고 싸웠으면 난 집 나갔을 거야."

"나는 네가 아빠랑 같이 산다고 하면 연 끊으려고 했어."
"그게 자식한테 할 소리야?"
엄마가 하나 남은 꽃등심을 내 밥 위에 올려 주었다.
"그래서 누구랑 산대?"
"엄마랑. 엄마가 외할머니네 근처로 이사 가면서 영인이도 데려간다고."
"그럼 전학 가는 거야?"
나는 고개를 끄덕였다.
"헤어져서 어떡해."

젓가락으로 꽃등심을 뒤적거렸다. 부모님의 이혼만큼 단짝의 전학도 충격적이다. 아홉 살밖에 되지 않았지만, 둘 사이의 냉랭한 기운을 통해 엄마 아빠의 이혼은 짐작하고 있었다. 영인이 영영 떠난다고 생각하니 그때처럼 혼자만 남겨진 기분에 휩싸였다. 영인이 없는 등굣길은, 하굣길은, 교실은 영혼이 빠진 공간인 것만 같았다.

"한 팩 더 있어. 먹고 싶으면 말해."

고개를 젓다가 눈을 질끈 감았다. 햇살에 반사된 칼날의 빛 때문에 눈이 시렸다.

"엄마, 칼 좀 치워 줘."

엄마가 싱크대 앞에서 칼을 들고 있었다.

"사과 깎으려고."
"안 먹을 거야. 치워."

엄마가 유난은, 같은 소리는 하지 않은 채 얼른 칼을 싱크대에 넣었다. 아마 내가 방에 들어가고 나서야 과일을 깎을 것이다. 엄마는 나의 두려움을 아니까.
"어른 같지 않은 어른들이 너무 많아. 한 대씩 줘 팼으면 좋겠네."
방문 너머로 엄마의 목소리가 들려왔다. 영인을 서로에게 떠넘기는 영인의 부모를 떠올리며 둘의 이마를 있는 힘껏 밀어 버리는 상상을 했다. 아니면 딱밤이라도. 영인이 못 한다면 나라도 해 주고 싶었다.

*

친구 관계는 참 오묘하다. 한번 균열이 생기니 오해였다는 걸 알면서도 쉽게 마음을 열기 어렵다. 실수할까 봐, 그래서 또 오해가 쌓일까 봐 조심스러워졌다. 거리가 생겼다.
"집에 가기 싫어."
호여준네 편의점 앞 의자에 앉아 영인과 음료수를 마셨다.
"너는 아빠랑 자주 연락해?"
나는 고개를 저었다.
"돈 필요할 때만."
영인이 풋, 하고 웃었지만 사실이었다. 학용품이 아닌데 갖고 싶은 게 생기면 아빠를 찾았다. 그럼 아빠는 서운해하면서도 만나서 사 주겠다며 날짜를 잡았다. 아빠에게 새로운 가정이 생겼다는 걸 알고는 배신감을 느끼기도 했는데, 엄마는 그런 나의 감정이 아주 이기적이라고 했다. 엄마와 아빠는 헤어졌지만 적어도 내 앞에서는 서로를 존중한다.

"새엄마, 아니 아빠와 재혼하신 분이 뭐라고 안 해?"

고개를 저었다. 그분이 뭐라고 하는지 안 하는지는 잘 모른다. 그건 내가 관여할 문제가 아니니까.

"내 생각인데 우리 부모님은 두 분 다 애인이 있는 것 같아. 사이가 안 좋은 지 오래됐거든. 그래서 날 안 데려가려는 거야."

영인은 이혼한 부모님을 둔 내 앞에서 부모님이 싸운 이야기를 하기 어려웠다고 한다. 그깟 일로 유난 부린다고 할까 봐. 그러지 않았을 거라는 말은 하지 못했다. 우리 부모님이 비교적 수월하게 이혼했다고 해도 불화의 기운이 나를 비켜 간 것은 아니니까. 내 앞에서 언성을 높이다가 나를 향해 억지 미소를 짓곤 안방으로 들어가 큰소리를 내는 일도 잦았다. 그때의 무력감과 불안감은 아직도 내 마음에 남아 있다.

만약 나에게 영인이가 말을 했다면 나도 그 마음을 안다고 해 줬을 것이다. 그러나 서로 영인을 안 데려가려고 싸운다는 이야기를 듣곤 곤란한 표정을 지었겠지.

"그래도 널 사랑하실 거야."

말끝에 영인이를 바라봤다.

"이런 말, 좀 아닌가?"

영인이 그제야 웃었다.

"누가 낳아 달라고 했나. 낳았으면 책임져야지."

"내가 만약에 공부를 엄청 잘해서 의대에 갈 가능성이 있거나, 아니면 무지하게 예뻐서 연예인이 될 것 같았으면 나를 서로 데려가려고 했겠지?"

영인이 김빠진 사이다를 쪽쪽 마셨다.

"설마."

"아니야. 엄마는 입만 열면 아파트, 아파트 하고 아빠는 입만 열면 비트코인, 비트코인 노래를 불렀거든? 내가 부자가 될 것 같았어 봐. 서로 데려간다고 싸웠을 거야. 결국 내가 공부도 못하고 예쁘지도 않아서 그런 거야."

만약 내가 의대에 간다면 우리 엄마 아빠는 어떨까? 좋아할 것이다. 의대에 못 가면? 그런가 보다 할 것이다.

"한 대 때려 주고 싶어."

내가 말했다.

"네가 때려 줘, 그럼."

"신고당하면 어떡하지?"

"그럼 내가 역으로 신고하면 되지. 자식 책임 안 지고 버렸다고. 그것도 아동 학대 아니야?"

영인이 남은 사이다를 입에 털어 넣고 뭐가 웃긴지 어깨를 들썩이며 웃었다. 아직 해가 쨍쨍했지만 배가 고팠다. 12시 40분에 급식을 먹었으니 6시까지 사이다 말고는 아무것도 먹지 않은 셈이다.

"밥 먹으러 가자."

마치 내 마음을 읽었다는 듯 호여준이 편의점을 나왔다. 오늘도 처음 보는 등산복을 입은 아저씨가 안에서 손을 흔들었다. 나도 아저씨를 향해 손을 흔들었다. 다른 사람들은 몰라도 나는 아저씨가 패션에 진심이라는 걸 안다.

"둘이 뭐 해?"

호여준이 아저씨와 나를 번갈아 보면서 물었다.

"다시 영웅이 되고 싶은 마음은 없어?"

"아휴 진짜."

호여준이 몸서리를 쳤다.

"요즘 몸도 안 다치고 너무 좋아. 나는 소시민이 어울려."

소시민이 어울린다는 말이 웃겨서 앞으로 호여준을 소시민이라 부르겠다고 선언했다. 분식집에 가서 떡만둣국과 쫄면, 치즈 김밥을 시키자마자 유익표가 들어왔다.

"네가 연락했어?"

소시민이 극구 고개를 저었다.

"우리 쟤한테 도청당하고 있는지도 몰라. 다들 이따 집에 가서 교복 잘 살펴봐."

김밥 두 줄을 추가했다. 돈은 똑같이 나누어 냈다.

저녁을 다 먹고 나서도 7시밖에 되지 않았다. 영인은 집에 들어가지 않겠다고 했다. 혼자 밖에 둘 수는 없었다.

"우리 집에 갈래?"

영인이 고개를 저었다.

"집에 들어가라고 하실 것 같아."

엄마가 아무리 자식 일에 관여하지 않는 성격이라고 해도 딸 친구가 집에 안 간다는데 손 놓고 있을 사람은 아니었다.

"그럼 어디 갈 데 있어?"

초등학교 3학년부터 친구였어도 학교, 집, 카페, 학원을 뺑뺑이 돌았을 뿐이지 먼 곳에 같이 가 본 경험은 없다.

"도서관 갈까? 거긴 오래 있어도 되잖아."

시험 기간에 종종 가 봤던 도서관이 떠올랐다. 소시민과 유익표도 따라왔다. 엄마에게 도서관에 간다고 문자를 보냈더니 웬일이냐고 무리하다 병나지나 말라는 문자가 왔다. 엄마는 항상 초를 친다.

소시민과 유익표는 가방만 내려놓고 휴게실에 가서 딴짓을 했고, 영인은 공부를, 나는 책을 골랐다. 고기도 먹어 본 놈이 먹는다고, 초등학교 이후로 책과 담을 쌓고 지냈더니 읽고 싶은 게 없었다. 무슨무슨 상을 받았다는 책을 하나 골랐다.

소란스러운 소리가 들려서 고개를 돌리니 내 또래의 남자애들 여러 명이 웅성거리고 있었다. 자세히 보니 책장에 등을 대고 있는 남자애를 다른 애들이 에워싸고 있었다.

검지로 이마를 툭툭 치면서…….

표정을 살피니 다행히 다들 웃고 있었다. 그 애만 빼고.

아닐 것이다, 그런 건. 유익표와 호여준을 오해했던 것처럼 지금도 오해일 것이다. 그러나 그런 생각과는 달리 손에 땀이 차기 시작했다.

못 볼 거라도 본 듯이 뒷걸음질을 쳤다. 그러다 책장에 몸을 부딪치는 바람에 열 권 정도 되는 책들이 와르르 쏟아져 바닥에 뒹굴었다. 그 애들은 그제야 나를 의식했는지 주변을 살핀 후에 자리로 돌아갔다. 벽에 기대 있던 아이만 빼고. 검은색 뿔테 안경을 쓴 그 애가 내가 떨어트린 책을 집어 들었다.

"고마워."

뿔테는 바닥에 떨어진 책을 모두 정돈한 후에 별말 없이 자리를 떴다.

저 아이는 남해일이 아니다. 그런데 왜 가슴이 두근거릴까.

나한테 힘이 있었으면 좋겠어.

남해일은 한국에 없다. 그날 이후 학교를 자퇴하고 호주로 갔다고 들었다. 그마저도 그저 들려온 소문일 뿐이었다. 어자인은 별일 없이 학교를 졸업했다.

남해일이 문제 삼지 않았기 때문에 학폭위를 열 수도 없었다. 어자인이 합당한 벌을 받았다면 뭐라도 달라졌을까? 어자인이 남해일을 '장난'이란 이유로 괴롭힐 때 하지 마, 라고 한마디라도 했다면? 우리 반 스물다섯 명 중에 단 한 명도 어자인을 말리지 않았다.

괜히 귀찮은 일에 휘말리고 싶지 않았을 것이다. 나도 그랬으니까. 무엇보다 어자인이 무서웠다. 타깃을 나로 바꿀까 봐.

도서관은 10시에 폐관했다. 느릿느릿 도서관을 나오고 나니 갈 곳이 없었다. 우리는 도서관 앞 벤치에 가방을 내려놓고 멀뚱멀뚱 서 있었다. 엄마에게 언제 오냐는 연락이 와 있었다.

"집에 진짜 안 가?"

영인이 입을 앙다물고 고개를 끄덕였다.

"너넨 가 봐."

"널 두고 어떻게 가. 너희는 가 봐."

소시민과 유익표는 둘 다 고개를 저었다.

"너희 둘만 두고 어떻게 가냐?"

유익표가 말했다.

"내가 너보다 힘셀 것 같은데?"

"그건 맞지만, 그래도."

엄마에게 영인이가 집에 안 들어가겠다고 해서 늦는다는 말은 할 수 없었다. 그럼 엄마가 영인의 부모에게 연락할 테니까.

"어떡하지?"

영인은 요지부동이었다. 영인의 부모는 아직 한집에 살고 있다.

"다들 가. 너희 때문에 내가 더 곤란해질 수도 있어."

"너네는 가라고. 너희 때문에 영인이가 더 곤란해질 수도 있다잖아."

실랑이를 하다 보니 11시가 다 되어 갔다. 여름밤은 겨울 못지않게 쓸쓸했다. 사람들이 사라진 거리에 우리 넷만 남아서 하염없이 시간을 버리고 있었다.

엄마에게서는 자꾸 전화가 왔다. 유익표와 소시민도 마찬가지였다. 영인의 핸드폰만 잠잠했다. 엄마에게만 말할까? 하는 마음이 들다가도 영인을 배신하는 것만 같아 전화를 받지 않았다.

"여기서 밤샐 거야?"

영인이 고개를 끄덕였다.

"집보다 여기가 더 좋아. 집은 감옥 같아. 여긴, 감옥은 아니잖아."

영인이 벤치에 다리를 올리고 얼굴을 파묻었다. 우리는 잠잠히 영인을 기다리고 있었다.

"너네는 가라고."

영인이 다시 말했다.

"너 가면."

소시민이 물러서지 않았다. 내가 본 소시민은 곤란한 상황에 처한 친구를 두고 그냥 갈 아이가 아니었다. 대영웅은 아니어도 소영웅 정도는 되는 아이니까. 그리고 나는 사실 영웅보다 소시민이 좋다. 영웅들은 지구를 구하지만 소시민은 이웃을 구한다.

"아씨, 할아버지한테 계속 전화 와."

유익표가 말했다.

"할아버지 주무실 시간인데……. 나 때문에 주무시지도 못 하고."

"그러니까 가라고! 누가 막았어?"

영인이 소리치다가 두 손으로 얼굴을 감쌌다.

"제발 가."

"어떻게 혼자 가. 무슨 일 생기면?"

"야, 저기 경찰차다."

소시민이 말했다. 무릇 죄지은 게 없다면 경찰이 아니라 귀신이 와도 떳떳한 법. 그러나 경찰차가 멈추자 발이 먼저 움직였다.

"뛰자."

어쩐지 그래야 할 것 같았다. 나는 영인의 팔을 잡아당겼다. 영인의 몸이 벤치 아래로 휘청였다.

"뭐 해?"

먼저 도망갔던 유익표가 돌아왔다.

"시간 없어."

동시에, 멀리서부터 경찰 아저씨의 목소리가 들려왔다.

"너희들, 교복 입고 거기서 뭐 하는 거야?"

그 와중에도 핸드폰 진동은 멈추질 않았다.

*

경찰서에서 기다리고 있자니 소시민의 아빠, 대시민이 가장 먼저 왔다. 화낼 줄 알았는데 소시민의 설명을 듣고는 '진정한 남자'라며 경찰서가 쩌렁쩌렁하게 울릴 정도로 칭찬했다.

"역시 내 아들. 멋있어, 암 그래야지. 친구 두고 그냥 가면 그게 남자야?"

소시민은 고개를 숙인 채 연신 한숨을 내쉬었다. 혼나지 않은 건 다행이지만 우리 엄마가 저런다면 쥐구멍에 숨고 싶을 것 같았다.

두 번째로는 우리 엄마가 도착했다. 들어올 때부터 팔짱을 낀 채 화났다는 걸 온몸으로 표현했다.

"최대한 처벌해 주세요."

"뭘로요?"

경찰이 되물었다.

"아무거나요. 구치소에 들어가나요? 찬성입니다."

내 쪽은 한 번 힐끗 쳐다보곤 다치진 않았네, 했다.

유익표는 부모님 대신 할아버지가 오셨다. 넉살 좋게 할아버지를 부르며 안기더니 온갖 애교를 다 부렸다. 유익표의 할아버지는 몸이 왜소했다. 덩치가 산 만한 유익표가 할아버지에게 안긴 폼이 마치 소가 강아지한테 안긴 것마냥 어색하고 귀여웠다. 가장 마지막으로 영인의 부모가 들어왔다. 경찰서에 들어서자마자 서로를 탓했다.

"죄송합니다."

영인의 엄마가 경찰을 향해 말하곤, 나와 엄마를 향해 목례를 했다.

"이 사람이 술 마시는 바람에 늦게 왔어요."

"내가 술을 뭘 얼마나 마셨다고, 뭘 나 때문에 늦어. 나 없으면 혼자 가면 될걸. 당신이 열 살 어린애야?"

"차 키를 가져갔잖아. 그리고 부모가 오라는데 나만 부모야? 당신은? 어? 하여간 책임감이란곤 눈곱만큼도 없어서."

"뭐? 책임감? 당신 지금 뭐라고 했어?"

"시끄럽게 해 드려서 죄송해요. 원래 이 사람이 예의도 없고 사회성도 없어요. 이해하세요."

"주특기 나왔네. 비꼬고 무시하고. 그렇게 잘난 사람이 나가서 사기를 당해?"

"사기? 그래, 말 잘했다! 사기이? 그럼 당신 비트코인은?"

"그만 좀 하세요!"

경찰이 테이블을 서류철로 탕탕 내려쳤다.

"애가 다친 건 아닌지 걱정은 안 되세요?"

그제서야 영인의 부모가 영인을 바라봤다. 영인은 의자에 앉아 무릎을 끌어안은 채 고개를 숙이고 있었다.

"누가 밤늦게 돌아다니래? 어?"

영인 엄마가 영인에게 빠르게 다가갔다.

"너까지 이렇게 속 썩일래? 하여간 지 아빠 판박이야."
"보세요, 이러니 제가 정신이 안 나가고 배겨요?"

영인 아빠가 여러 사람들에게 동의를 구했다. 영인의 몸이 점점 작아지다 못해 사라질 것만 같았다. 경찰서엔 서로를 탓하는 목소리로 가득했다.

애초에 법에 저촉될 일도 아니어서 밤늦게 돌아다니지 말라는 훈계 정도만 듣고 경찰서를 나왔다. 소시민과 유익표가 떠나고 나서 엄마와 나, 영인이네만 남았다.

경찰서 앞에서도 둘의 싸움은 끝나지 않았다. 영인의 모든 걸 알고 있다고 생각했는데, 아무것도 몰랐다. 영인이와 만나면 아침부터 밤까지 깔깔깔 웃기에 바빴다. 이런 가정에서 살고 있을 줄은 상상도 못 했다.

"제 차 타고 가세요."

우리 엄마로 말하자면, 남과 엮이는 걸 세상에서 제일 싫어하는 사람이다. 웬만해선 남에게 호의를 베풀지 않는다. 그런 엄마가 보기에도 그냥 보내기엔 영인이 걱정됐던 것이다.

"당신이 가정에 충실했어 봐. 얘가 밖으로 돌아? 어?"
"그렇게 잘난 사람이 딸을 안 키운다고 해?"

영인 아빠가 말을 내뱉고 나선 뒤늦게 영인이의 눈치를 살폈다.

"아니, 그게 아니라."
"당신 말 잘 꺼냈어. 영인아, 이제 이 사람 네 아빠 아니야.

너 안 키우겠다고 양육권에 친권까지 포기한 사람이니까 앞으로 아빠 말고 아저씨라고 불러."

영인의 손이 부들부들 떨리는 게 보였다. 숨도 잘 쉬지 못했다.

"하아하아, 숨을 못 쉬겠어."

"괜찮아?"

나는 어떻게 해야 할지 몰라 영인의 부모를 바라봤다. 그 순간도 둘은 검지로 서로를 가리키며 비난하고 있었다. 나는 영인의 등을 쓸었다.

"영인이가 숨을 못 쉬어요."

"잠깐만, 이것부터 말하고."

아줌마가 오른손으로 내 말을 가로막았다.

"숨을 안 쉰다고요."

"있어 보라니까!"

이번에는 아저씨가 말했다. 그때 영인이 자그마한 목소리로 하지야, 하고 불렀다.

"검지 힘, 나 좀 줘."

"지금?"

영인이 두 손으로 무릎을 짚곤 후후후, 숨을 내쉬었다.

"줘."

"그래, 줄게."

검지의 힘 따위 조금도 아깝지 않다. 영인에게 다 내어 줄 수 있다. 슬정아와 소시민에게 줄 때보다 더 간절한 마음으로 검지의 힘을 영인에게 보냈다. 잠시 후, 영인이 힘겹게 몸을 일으켰다. 그러곤 아줌마에게 다가가 어깨를 검지로 툭툭 쳤다.
"아아, 왜 이렇게 아프게 쳐. 아휴, 왜?"
영인이 아줌마의 이마에 검지를 대더니 무표정하게 밀었다. 아줌마가 힘에 밀려 뒷걸음질을 치다 넘어졌다. 이번에는 영인이 어리둥절해하는 아저씨에게 다가가 방금 한 것처럼 아저씨의 이마에 검지를 대고 힘껏 밀었다. 아저씨는 뒷걸음질조차 치지 못하고 저 멀리 공중 부양했다.
조금 있다 철퍼덕 소리가 들렸다.
"이젠 둘 다 내 보호자 아니야."
영인이 두 손을 탈탈 털더니 엄마 차 뒷문을 열었다. 아줌마와 아저씨는 아까 넘어진 그대로 있었다.
"가자."
얼른 영인의 옆에 앉았다. 자존심이 강해서 누가 명령하는 걸 가장 싫어하는 엄마도 마치 조수가 된 양 운전석에 앉아 차를 출발시켰다. 차가 경찰서를 떠날 때까지 뒤쫓아 오는 소리가 들리지 않았다.
두 사람 이마의 상처가 나을 때쯤이면 영인이는 지금보다 더 강해져 있을 것이다.

영인과 아파트 단지 정문 앞에서 작별 인사를 나눴다. 영인은 힘든지 쭈그리고 앉았다. 나도 따라 앉았다. 영인은 스무 살이 되면 집을 나와 영영 부모와 연을 끊겠다고 했다. 상처가 났다가 아물면서 영인은 몇 달 사이에 다른 사람이 되었다. 육체의 상처는 아물어도 마음의 상처는 흔적을 남긴다. 그런 영인이 낯설었고, 한편으로는 안쓰러웠으며 조금 자랑스럽기도 했다.

부모의 이마를 검지로 날려 버릴 때의 통쾌함이라니. 그들이 마땅히 가져야 할 책임감에 비하면 깃털처럼 가벼운 응징이었지만, 앞으로 영인을 보면 이마가 찌릿할 것이다. 아줌마가 차에서 영인을 향해 손짓했다.

"얼른 타."

영인은 손바닥을 올렸다 내리며 잠깐만 기다려 달라는 제스처를 취했다. 아줌마가 창문을 올렸다.

"어제 엄마랑 아빠가 나한테 사과했어."

영인이 고개를 숙인 채 말했다. 영인은 한껏 웅크린 채 두 팔로 다리를 감쌌다. 작아지려는 듯. 세상에서 자기가 차지하는 면적을 줄이려는 사람 같았다.

"둘 다 나를 데려가고 싶었는데 상대한테 상처 주고 싶어서 그런 거래. 그래도 난 평생 둘 다 용서하지 않을 거야."

"용서 안 해도 돼."

"그리고 이 힘, 너 가져가."

"왜?"

영인이 대답 대신 고개를 저었다. 영인은 처음부터 부모의 이마에 상처를 내고 싶은 마음은 없었다. 지금도 그럴 것이다.

"우리, 또 볼 수 있을까?"

영인이 물었다. 응, 이란 말이 나오지 않았다. 자꾸만 이번이 마지막처럼 느껴졌다. 영인은 여기서 두 시간 거리에 있는 지방으로 이사 간다. 만나려면 버스를 두 번이나 갈아타야 하는 곳으로.

"얼른 타라니까."

아줌마가 차 안에서 빼꼼히 고개를 내밀었다. 이마에는 반창고가 붙어 있었다. 고소하다. 상처가 아물면 자식에게 준 상처의 깊이를 자각할 수 있을까?

"갈게."

영인이 몸을 일으키면서 기지개를 켰다. 그 모습이 마치 노랑나비 같았다. 나비가 팔랑팔랑 날아갔다. 안녕. 누구도 너를 버릴 수 없을 거야. 아무리 부모라도. 왜냐하면 너는 어디든 날아갈 수 있는 나비니까.

나는 나비가 보이지 않을 때까지 지켜봤다.

초등학교 3학년에 만나 고등학교 1학년까지 나의 부모보다 더 많은 시간을 함께했던 친구가 떠나간다. 나비와 함께 나의 일부도 떠나보낸 듯 공허했다. 그러나 따라갈 수는 없다. 친구는 그곳에서, 나는 여기에 남아 각자의 인생을 꾸려 갈 것이다.

친구의 미래에 영광이 함께 하기를, 나는 하늘의 구름처럼 온 몸으로 친구를 축복했다.

4. **모든 일은 되돌아온다** 유익표

힘은 다시 나에게로 돌아왔다. 마치 도돌이표처럼, 아니면 부메랑이든가.

경찰서 일 이후로 유익표가 부모님 대신 할아버지와 단둘이 산다는 사실을 알게 되었다. 유익표 앞에서 엄마 아빠 이야기를 하며 투덜거렸던 게 떠올랐다. 혹시 상처는 아니었을까.

"아빠가 너네 밥 한 번 사 주신대."

소시민이 말했다.

"왜?"

유익표가 물었다.

"친구 위해서 밤 늦게까지 길거리에 함께 있어 준 모습에서 감동받으셨대. 아빠는 원래 감동을 하루에도 열두 번 받으셔. 저번에는 나비가 날아가는 모습 보고 눈물을 글썽이더라."

유익표가 피식 웃더니 쓸쓸한 미소를 지었다.

나는 소시민의 옆구리를 찔렀다.

"왜?"

'아빠 얘기 하지 마라.'

나는 입 모양으로 말했다.

"너는 왜 갑자기 소곤거려?"

유익표가 물었다.

"내가?"

"응, 네가."

내가 검지로 나를 가리키자 유익표도 검지로 나를 가리키며 말했다.

"그런 적 없어. 너 오늘 진짜 이상하다. 귀가 어떻게 된 거 아니야?"

"오버하네."

유익표가 나를 흘겨봤다.

"주말에 스테이크랑 파스타 먹을 사람?"

유익표가 물었다.

"네가 사는 거야?"

"우리 아빠가 사는 거니까 내가 사는 거지."

"너 아빠 있어?"

"왜? 내가 아빠 돌아가셨다고 한 적 있어?"

"아니 그건 아닌데…….”

"따로 살아. 아빠가 부산에서 일하거든. 난 할아버지랑 살고.

대신에 일이 주에 한 번씩 올라오시는데, 내 친구들 좀 보고 싶대. 나랑 친한 척 연기 좀 해 주라."

유익표가 넉살을 피웠다.

"연기 조금 하고 스테이크랑 파스타는 개꿀이지."

유익표가 할아버지랑 산다고 해서 부모가 없다고 생각했다. 나는 어쩌면 아주 좁은 시야를 갖고 있는지도 모른다.

"오케이. 그럼 오늘 호여준네 편의점부터 털어 보자."

유익표가 마치 제집을 가듯 앞장섰다. 영인이 전학 가면 정아와 더 친해질 줄 알았는데 정아와도 데면데면했다. 정아는 착하지만 티키타카가 잘 되지 않았다. 한마디로 재밌지가 않다. 좋은 사람과 함께 있고 싶은 사람이 같지 않다는 건 약간의 비극이지만 큰일은 아니다.

정아는 성격이 잘 맞는 친구 여럿을 사귀었다. 나는 소시민, 유익표와 성격이 잘 맞았다. 남자 둘에 여자 하나가 같이 다닌다고 자꾸 연인으로 엮으려는 시도가 있었지만 나와 소시민은 무시하는 걸로, 유익표는 결혼할 때 청첩장 보낼게, 하는 식의 재미없는 농담으로 넘겼다. 애들은 유익표가 하는 말은 다 거짓으로 들었기 때문에 유익표가 나와의 사이를 인정하자 우리 둘이 아무 사이 아니라고 확신하게 됐다. 뜻밖의 효과였다.

"여름 방학에 도서관 다니려고. 같이 다닐래?"

유익표가 물었다.

도서관이라는 말이 나오자마자 가슴이 뻐근했다. 손이 심장으로 갔다.

"왜 그래?"

혹시 또 그 장면을 목격하게 되면 어떡하지? 모른 척하고 싶은지도 모른다. 도서관에 가지 않으면 아무것도 보지 않을 테니까.

"아니, 그냥 조금."

"야, 우리 얼른 들어가자. 너는 땀이 무슨 비 오듯이 흘러."

유익표의 말이 끝나기도 전에 소시민이 내 팔을 잡아당겼다. 소시민의 손은 뜨거웠다. 갑작스런 접촉에 화들짝 놀라 손을 뺐다.

"너 좀 이상해."

소시민이 우물쭈물 말하고는 이번에는 내 교복 상의를 잡아당겼다. 편의점 안으로 들어서자 에어컨 바람이 얼굴을 때렸다. 화아아. 이제야 숨이 쉬어졌다.

남해일을 떠올리면, 햇살에 반짝이던 칼날이 동시에 떠오른다. 그럼 눈 감고 싶어진다. ……그날처럼.

"도서관 가자. 내가 맛있는 거 사 줄게."

유익표가 어울리지 않게 애교를 부렸다.

"아저씨가 오늘 만 원어치 먹으라고 했잖아."

솔직히 대학을 가고 싶긴 하다. 그것도 웬만하면 지방보다는 서울에 있는 학교에 가고 싶다. 공부도 안 하면서 이런 생각을 하는 게 양심 불량이란 걸 알지만 원래 떡볶이를 입에 넣으면서 다이어트를 생각하는 게 인간 아닌가. 나는 인간 그 자체다.

"그것까지 넣으면 만 원 넘을걸?"

유익표가 쫓아다니면서 참견했다. 유익표 장바구니를 보니 컵라면 한 개와 삼각 김밥 네 개, 바나나와 컵 과일이 담겨 있었다.

나는 참치 김밥과 땡초 김밥, 제로 콜라와 과자 몇 봉지를 담았다. 만 원을 벌려면 1시간을 일해야 하는데 쓰는 덴 10분도 안 걸린다. 소시민은 공무원이라는 꿈이 있고, 슬정아는 선생님이라는 꿈이 있다. 나는 뭐가 될 수 있을까?

"너는 꿈이 뭐야?"

"건물주."

"말을 말자."

나는 소시민이 냉장고에 음료를 채우는 사이에 테이블에 만 원을 내려놨다. 아저씨가 사 준다고 했지만 염치없이 굴고 싶지 않았다.

"도서관에 진짜 안 갈 거야?"

유익표가 편의점 문을 잡아 주면서 물었다.

"너, 나 좋아해?"

"응."

유익표가 눈을 끔뻑거렸다.

"말을 말자."

유익표와 헤어지고 걸어가는데, 갑자기 가슴이 두근거려서 그 자리에 주저앉았다. 숨을 크게 내쉬었다. 식은땀이 흐르기 시작했다. 햇살이 나를 말려 버릴 것만 같았다.

*

칼이 햇빛에 반사돼 번쩍였다. 놀라서 눈을 뜨니, 꿈이었다.
"학교!"
침대에서 내려오자마자 토요일이라는 걸 깨달았다. 어젯밤 잠들기 직전까지 늦잠을 자겠다고 별렀는데 평소처럼 아침 6시 반에 눈이 떠졌다.
아까운 내 잠.
다시 자려고 누웠지만 잠은 오지 않았다. 엄마는 좋은 대학에 가야 한다거나 돈을 많이 벌어야 한다는 이야기는 하지 않는다. 만약 대학에 가면 등록금까지 보태 주고, 대학에 가지 않는다면 기술을 배우는 교육비 정도만 지원해 준다고 했다. 베이킹이든 용접이든 어떤 기술이든 일단 배워 두면 그때부턴 생활비를 지원하지 않겠다는 뜻이다. 게다가 집 근처에 직장을 구하면 집에서 먹고 자는 건 공짜이지만 나이가 일정 정도 차면 생활비를 내야 한다고 했다.
아빠는 우주의 달도 따 줄 것처럼 말은 하지만 재혼을 한 후에는 용돈을 타 쓰는 눈치였다. 예전엔 주말에 만나 맛있는 밥과 화장품을 사 주고, 집에 갈 때 용돈을 두둑이 줬다면 요즘엔 용돈은 주지 않는다.

근사한 삶을 살고 싶다. 내가 나여도 좋은 삶. 내가 나여서 좋은 삶. 죽을 때 다시 태어나도 나로 태어났으면 좋겠다고 말하는 삶. 그런데 이미 그런 삶에서 멀어진 기분이 든다. 왜일까?

친구를 위해 목숨도 걸고 싶고, 사랑 때문에 눈물도 뚝뚝 흘리고 싶은데, 현실은 친구의 한마디에 토라져서는 절교하겠다고 다짐하고, 사랑은커녕 유익표에게 시달리고 있다. 여름 방학이 시작되기 전인데도 도서관에 가자고 닦달이다.

유익표가 이상하다는 건 아니고 첫사랑으로 부적절하다는 뜻이다. 무릇 첫사랑이 되려면 슬픔을 간직하고 있어야 한다. 보기만 해도 가슴이 시려야 하고……, 무엇보다 신비로워야 한다. 나와는 다른 세계에 살 것 같은 느낌이 필요하다.

현실은 유익표 같은 애와 도서관 가는 길에 편의점에서 커피나 사고 있다.

"그러니까 네 말을 종합해 보면, 이상형이 외계인이야?"

무슨 말을 더 할까.

"생각해 봐. 외계인보다 신비한 존재가 세상에 어딨냐?"

"근데 왜 이렇게 날 졸졸 쫓아다녀?"

"정영인도 전학 가고 심심할 것 같아서."

"그냥 말해."

"그 힘, 그냥 나 주라."

플라스틱 통에 든 커피를 빨대로 쪽쪽 빨아 마시며 걷는 중이었다. 나는 발걸음을 멈췄다.

"왜?"

"네가 버거워 보여서."

유익표는 별거 아니라는 듯이 고개를 저었다.

"내가?"

"왜 자꾸 되물어. 아니야?"

맞긴 하다. 정아는 검지의 힘으로 자신을 교묘하게 괴롭히던 무리를 처리했고, 호여준은 영웅이 자기 분수에 맞지 않는다는 걸 깨닫고 소시민으로서의 삶에 충실하게 됐으며, 영인은 책임을 다하지 않는 부모를 날려 버렸다. 검지의 힘은 각자에게로 가서 제 역할을 다했다. 그런데 검지의 힘이 자꾸만 나에게로 돌아오는 이유는 뭘까?

"야, 나 그냥 갈게."

유익표와 도서관에 가기로 했을 때만 해도 괜찮았는데, 막상 도서관을 보니 가슴이 두근거렸다.

"여기까지 와서 왜에!"

유익표가 투덜거렸다.

"성격 진짜 이상해."

이마에 식은땀이 나기 시작했다. 밤새 꾼 꿈이 떠올랐다. 칼날이 햇빛에 반사돼 춤을 추는 것 같았다. 유익표를 따돌리고 걸어가는데 다리에 힘이 풀렸다.

"괜찮아?"

뒤따라온 유익표가 내 어깨를 잡았다.

유익표가 나를 도서관 앞에 있는 카페로 데려갔다. 식물이 테이블보다 많은 공간이었다. 온갖 넝쿨과 선인장, 이름을 알 수 없는 꽃들이 테이블 위와 창가, 심지어 계산대 앞까지 늘어져 있었다. 카페를 꾸미기 위해 식물을 이용한 게 아니라 식물을 키우기 위해 카페라는 공간을 대여한 느낌이었다. 말 그대로 식물의 기운에 압도되었다.

"복숭아 맛 아이스티. 괜찮아?"

나는 아이스티를 단숨에 마셨다. 그러자 정신이 좀 돌아오는 듯했다.

"나 도서관 못 다닐 것 같아."

"알았어. 이제 같이 다니자고 안 할게. 근데 그 힘, 나 줘. 그 힘 때문에 그런 거잖아."

유익표는 단단히 잘못 알고 있는 듯했다. 그러나 정정할 힘이 없었다.

"그래, 너 줄게."

어차피 유익표가 그 힘을 진심으로 갖고 싶다고 생각하지 않는 이상 검지의 힘은 전해지지 않는다.

"학생, 그러면 안 되지! 물어줄 거야?"

유익표가 나무 테이블을 검지로 누르고 있었다. 테이블이 움푹 패어 있었다. 설마? 벌써? 내 검지로 누르자 꿈쩍도 하지 않았다.

"진심이었어?"

유익표가 고개를 끄덕였다. 유익표가 카페 주인을 한 번 쓱 살핀 후에 검지로 자신의 허벅지를 눌렀다. 악 소리를 내며 자동으로 의자에서 튀어 올랐다.

진심이었다니.

유익표가 자신의 검지를 유심히 바라봤다.

"이 힘의 놀라운 점이 뭔지 알아?"

"뭔데?"

유익표가 내 입술을 뚫어지게 바라봤다. 마치 선물을 기다리는 아이처럼.

"쓸데가 없다는 거야."

유익표가 눈을 감더니 참자, 참자 하고 혼잣말을 했다. 그것도 다 들리게. 유익표는 나를 도와주기 위해 검지의 힘을 가져갔지만, 막상 힘이 생기고 나니 새 장난감이 생긴 것처럼 신나 보였다.

"그건 네가 쓸 줄을 모르는 거고. 나는 이 능력, 야무지게 다 쓸 거야."

유익표가 먹이를 앞에 둔 하이에나 같은 표정을 지었다.

"나중에 되돌려달라고나 하지 마."

유익표가 오른 검지를 왼손으로 감쌌다. 누가 봐도 바보 같아 보이는 모습에, 저런 애가 검지의 힘을 야무지게 써먹을 리가 없다고 확신했다.

그리고, 확신은 좋지 않다.

*

'그 힘이 자꾸 너한테 되돌아오는 건 이유가 있어.'

어제 카페에서 헤어지기 전 유익표가 했던 말이 자꾸 떠올랐다.

지금은 유익표에게 힘이 가 있지만 때가 되면 다시 돌아올 것이다. 이건 하나의 패턴이다. 패턴은 일단 형성되고 나면 특이 사항이 발생하지 않는 이상 유지된다.

—이것 봐 봐.

정아에게서 카톡이 왔다.

정아와는 사과 반쪽만큼의 거리를 두고 지낸다. 영인과는 거리가 없다고 생각했다. 그 일이 일어난 후에야 우리 사이의 빈틈을 발견했다. 애초에 빈틈이 있다는 걸 알았다면 서로 반목하는 시간도 줄었을 것이다. 내가 아는 영인은 빙산의 일각에 불과했다. 영인을 다 안다고 생각한 건 착각이고 오만이었다. 그리고 나자 정아와 친해지는 게 무서웠다. 영인만큼 친해졌는데 정아에 대해 아무것도 모른다는 걸 깨닫게 되면 감당할 수 있을까? 무게에 짓눌려 본 적이 있는 사람은, 눈꺼풀도 무겁다.

―봤어?

정아가 재촉했다. 동영상을 클릭해 보니 유익표가 나왔다. '검지로 자동차를 미는 괴력의 소유자'라는 제목이 달려 있었다.
유익표는 검지로 자동차를 밀었다. 기어가 중립이 아닌 파크로 되어 있는 소형 자동차를.
"별거 아니던데요?"
유익표가 눈썹을 있는 대로 치켜올리며 말했다. 유익표는 세상 모든 것을 하찮게 여기는 표정으로 검지를 든 채 우쭐했다. 재수 없어. 아차차. 실수.

―봤어. 얘 미쳤나 봐.
―유익표, 인플루언서 되고 싶다더니 꿈 이루겠네.
―인플루언서?
―걔 관종이잖아.

정아가 보내 준 유익표 SNS를 보자 눈물이 앞을 가렸다. 팔로워 수를 늘리기 위해 성대모사부터 유행하는 릴스까지 안

한 게 없었다. '좋아요'는 10을 넘기지 못했고 조회 수는 30이 채 안 됐다. 거의 유령 계정이나 마찬가지였는데 검지로 자동차를 미는 영상이 조회 수가 터지면서 화제가 됐다.

유익표가 그런 힘을 얻고도 잠잠할 리가 없었다. 슬정아, 소시민과는 정반대의 성격이란 걸 잊었다. 나는 왜 유익표가 나를 위해서 검지의 힘을 가져갔다고 착각했을까? 유익표가 나서서 힘에 대해 자랑하고 다니다간 나까지 덩달아 유명해지는 건 시간 문제다.

"언제부터 이런 힘을 갖게 됐나요?"
"쇠젓가락 휘는 거 말고 다른 힘은 없나요?"
"자동차도 밀 수 있다는 말이 사실인가요?"

희한한 건, 나와 슬정아, 소시민은 자동차를 밀 정도의 힘은 없었다. 검지의 힘은 왜 유익표에게로 가서 더 강해진 걸까.

—어디야?

유익표에게 문자를 보냈다. 유익표를 입막음하는 일이 시급했다.

—도서관.

순간 멈칫했지만, 떠오르는 생각들을 애써 무시했다.

세수도 하지 않은 채 티셔츠에 청바지를 입고 도서관으로 향했다. 도서관 입구에서 아이들에게 둘러싸인 유익표를 발견할 수 있었다.

정확히는 아이들의 카메라에.

"다시 해 봐, 다시."

유익표가 자동차를 밀고 있었다. 그것도 검지로만.

"이거 영상 올려도 되지? 네 인스타그램 계정 태그할게."

"넌 어릴 때부터 힘이 셌어?"

유익표가 오른손으로 머리를 쓸어 올렸다. 보기만 해도 속이 메스꺼웠다. 유익표를 만나러 왔지만 모른 척 지나가고 싶었다.

"연하지! 언제 왔냐?"

고개를 숙이고 도서관 입구를 통과하는데, 유익표가 나를 귀신같이 알아봤다. 그러고는 머리를 쓸어내리던 손을 나에게 흔들었다. 행동 하나하나가 카메라를 의식한 연기 같았다.

나는 고개를 푹 숙인 채 도서관으로 들어갔다. 유익표가 연하지, 연하지 하면서 내 뒤를 쫓아왔다. 카메라를 든 아이들도 함께였다.

검지의 힘을 갖게 된 유익표는 검지의 힘을 갖기 전의 유익표와 같지만 다른 아이다. 유익표는 그대로지만 유익표를 바라보는 아이들의 시선이 변했기 때문이다.

누군가 나를 대단한 사람인 양 치켜세워 주면 나도 모르게 우쭐해진다. 누군가 나를 한심하게 바라보면 나도 나를 의심하게 된다. 반대도 마찬가지이지 않을까. 내가 한심한 눈으로 친구를 바라보면 그 친구는 서서히 무너진다.

단단한 자아 같은 건, 아직은 무리다.

우린 각자 고유한 색을 가지고 있어 서로의 색에 물들고 서로를 물들인다. 인간은 혼자 살지 않는다. 내가 선택한 사람들하고만 살 수도 없다. ……마치 교실 반 배정처럼 말이다.

학기가 시작되면, 20평 남짓한 공간에 스물다섯 명의 아이들을 무작위로 몰아넣고 잘 지내라고 한다. 내가 혼자 쓸 수 있는 공간은 1평도 안 되는 책상 정도다. 교실이 지옥이 되는 건 쉽다. 만약 교실에 내가 싫어하고, 나를 싫어하는 아이가 있다면 교실은 지옥이 된다. 모두가 나를 싫어한다면? 모두가 나를 무시한다면? 말할 것도 없다.

여자들만 사소한 일로 친구와 다투고 원수가 되는 줄 알았다. 남해일이 어자인과 친했다가 멀어지고 괴롭힘을 당하게 되기까지 긴 역사가 있었겠지만 나는 그걸 몰랐다. 알고 싶지 않았다. 남해일은 조용한 편이었고, 언제나 혼자 책상에 앉아 무엇인가를 끄적였다.

어자인이 남해일의 책상을 발로 찼을 때도 둘 사이의 가벼운 다툼이라고 생각했다. 내가 끼어들 일이 아니라고 생각해서 모른 척 넘어갔다. 그 사건이 일어나고 한참이 지나서야 생각해 본다. 어자인이 남해일의 책상을 발로 차서 책상과 함께 남해일이 뒤로 넘어간 날, 나는 어떻게 했어야 했을까. 몇몇 아이들은 애써 모른 척했고, 몇몇 아이들은 웃었다.

남해일은 어자인에게만 괴롭힘을 당한 게 아니다. 자기를 한심하게 혹은 불쌍하게 여기는 시선, 어쩌면 애써 모른 척하는 시선들과도 싸워야 했다. 그러다 어느새 그와 똑같은 시선으로 자신을 보게 되지 않았을까.

"이따가 찍자."

유익표가 3층 휴게실 문을 열면서 자기를 쫓아온 애들에게 말했다. 마치 인기 아이돌이 팬에게 말하는 듯한 태도였다. 팬들이 순순히 고개를 끄덕이곤 따라 들어오지 않았다.

휴게실엔 홀로 커피를 마시는 중년 여성과 나이가 지긋한 노인, 그리고 내가 떨어뜨린 책을 같이 주워 준 뿔테가 있었다.

나한테 힘이 있었으면 좋겠어.

"왜 온 거야?"

유익표가 얼굴을 바싹 대고 말했다. 저절로 몸이 움츠러들었다.

"네 입에서 똥 냄새 나. 떨어져."

"말이 너무 심하다."

유익표가 귓가에 속삭였다. 검지의 힘이 있다면 이마를 밀어 버리고 싶었다. 휴게실은 자유 열람실에 비해 한가했다. 유익표와 둥근 테이블에 앉았다.

"콜라 마실래?"

고개를 끄덕였다. 유익표가 콜라 두 캔을 뽑아 왔다. 고개를 돌리니 팬 1, 2, 3호가 카메라로 나와 유익표를 찍고 있었다.

"찍지 마."

유익표가 가라는 손짓을 했더니 그제야 유리창에서 떨어졌다. 콜라를 마시자 머리가 맑아지는 기분이었다.

"아는 애야?"

고개를 돌리니 뿔테가 나를 보고 있었다. 손을 살짝 올렸다 내렸다. 뿔테가 고개를 홱 돌리더니 자판기 앞으로 갔다. 뭐야 진짜.

"모르는 애야."

뿔테가 캔 콜라를 뽑아 휴게실을 나갔다.

"너는 만약에 여러 명이 한 명을 괴롭히는 장면을 보면 어떡할 거야?"

"학폭 말하는 거야?"

유익표가 남은 콜라를 입에 털어 넣곤 끄윽 트림을 했다. 유익표가 나를 이성으로 생각하지 않는다는 건 명백해 보였다. 뿔테 생각으로 머리가 복잡한 와중에도, 유익표에게 고마웠다. 유익표가 혹시 나를 좋아하면 절교할 생각이다.

"생각할 게 뭐 있어. 신고해야지."

"신고?"

신고는 한 번도 생각하지 못했다.

"야, 유익표! 유튜브 찍자!"

아까 무리들이 다시 돌아와서 유익표를 불렀다. 유리문에 착 달라붙어 있는 폼이 예사롭지 않았다. 원하는 영상을 찍기 전엔 돌아가지 않을 기세였다. 유익표가 내 눈치를 살폈다.

"가 봐. 나도 이제 갈 거야."

유익표가 자리에서 일어섰다.

"근데 왜 온 거야?"

"아 맞다! 까먹을 뻔했네."

나는 짝 소리가 나게 박수를 쳤다.

"절대 나한테 힘 받았다고 얘기하지 마. 나는 유명해지는 건 딱 질색이야."

유익표가 눈을 내리깔더니 내 귓가에 속삭였다.

"내가 미쳤냐? 이 좋은 걸. 나만 유명해질 거야. 넌 꿈도 꾸지 마."

유익표는 나보다 한 수, 아니 열 수 위였다. 상대를 얕잡아 보는 순간, 나는 이미 패배했다.

5.　　　　　**여름은 반드시 지나간다**　　　　김별

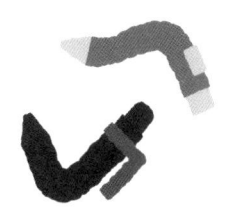

　방학식 날 최고의 화제는 유익표였다. 아이들이 유익표와 사진을 찍기 위해 몰려드는 모습을 보자니 내가 괜히 부끄러웠다. 호여준, 아니 소시민은 유익표의 모습을 보더니 진절머리를 쳤다.
　"내가 다 부끄럽다. 그렇지?"
　소시민이 이글이글 타오르는 눈빛으로 유익표를 바라보고 있었다. 눈 한 번 끔뻑이지 않고.
　"설마?"
　"괜히 보냈어, 저 힘."
　소시민이 자책하듯 말했다.
　소시민의 눈은 욕망으로 이글거렸다. 주목받고 싶은 욕망, 선망받고 싶은 욕망, 영웅이 되고 싶은 욕망. 그렇다. 인간의 욕망은 쉽게 사라지지 않는다.

"아니야, 괜히 귀찮기만 하지. 됐다."

그리고 체념을 봤다. 그래야 소시민답지. 높은 곳을 꿈꾸다 이내 자신의 자리는 이곳이라는 것을 되새기는 모습. 어쩐지 그 모습이 약해 보인다거나 어설퍼 보이지 않고 진중하게 느껴졌다.

유익표가 마지막 남은 한 명까지 사진을 찍어 준 후에 우리에게로 왔다. 마치 인기 아이돌이라도 된 듯이 피곤하다, 라고 했다.

"그럼 다시 돌려주면 되잖아."

유익표가 다이아몬드라도 되는 양 자신의 검지를 왼손으로 감쌌다. 저놈은 정아나 소시민처럼 검지의 힘을 순순히 돌려줄 애가 아니었다.

"다음 주에는 유튜브 촬영하기로 했어. 백만 유튜버래."

"좋겠다."

사실 거짓말이다. 저러다 초등학교 시절 친구 아이스크림 뺏어 먹은 것까지 폭로되지 않을까 걱정될 뿐이었다.

"출연료 준대."

부러웠다. 친구 아이스크림 뺏어 먹은 일이 폭로돼도 큰 타격은 없을 것이다. 천하장사의 귀여운 어린 시절로 미화되어 화제가 될 수도 있다. 어쩌면 아이스크림 광고가 들어올지도 모른다.

"21세기에 유명하다는 건 바로 돈을 번다는 거야. 너희들 그런 거 모르지?"

유익표가 의기양양한 표정으로 교실 문을 나섰다.

이제 한 달 반 후에나 이 교실에 돌아올 것이다. 교실에 있는 시간이 마냥 좋기만 하던 것도 아닌데, 당분간 오지 못한다고 생각하자 괜히 아쉬웠다.

여름 방학이 끝나면 교실의 풍경이 달라진다. 그건 아이들이 방학 동안 달라졌기 때문이다. 학교에 가지 않은 채 집과 거리를 배회하다 보면 어제와 다른 내가 되어 있다. 언제나 그랬다.

"어디 가?"

소시민이 물었다.

"도서관."

"진짜야?"

내가 답하자, 유익표가 되물었다.

"쟤라고 언제까지 놀기만 하겠어. 공부할 수도 있지."

내가 소시민을 노려보자 소시민이 피식 웃었다. 나름의 유머였구나. 소시민은 되도록 유머랑은 거리가 먼 삶을 지향했으면 좋겠다. 그게 본인도 살고 듣는 사람도 살리는 길이니까.

방학식 날, 우린 도서관에 갔다.

*

"유익표오오오오!"

아이들이 옹기종기 모여 입구를 살피다가 유익표를 발견하곤 일제히 소리를 질렀다. 유익표가 우리를 향해 고개를 돌리더니 어깨를 살짝 들어 올렸다. '봤냐?'라는 표정이었다. 유익표가 아이들에게 다가갔다. 소시민의 눈빛이 질투로 활활 타올랐다. 나는 소시민의 가방을 잡아끌었다. 우린 3층 자유 열람실로 갔다.

뽈테가 공부하고 있었다. 뽈테 주변에는 뽈테의 친구라고 해야 하나, 무리들이 보였다. 도서관에 올 때마다 보였다.

지난번 본 장면은 오해였나 싶을 정도로 뽈테와 무리들은 친하게 지냈다. 생각해 보니 그날도 여러 명이 뽈테를 둘러싸고 있었을 뿐 괴롭힌 것은 아니었다. 자라 보고 놀란 가슴 솥뚜껑 보고 놀란다고, 내 과거 경험 때문에 지레 놀란 것일 수도 있다.

"공부 좀 해라."

소시민이 내 문제집을 보고 한마디 했다. 내 문제집은 30분째 93페이지에서 넘어가질 않고 있었다.

"그러는 넌?"

나는 소시민의 책을 뺏어 들었다. 공부와 하등 관련 없는 심리학 책이었다. 군중 심리, 스톡홀름 증후군 같은 단어들이 보였다.

"코끼리 사슬 증후군? 이게 뭐야."

소시민이 책을 도로 뺏어 갔다. 혹시 시끄럽게 한 게 아닐까 싶어서 주위를 살피는데, 사람들이 하나둘 자리를 뜨기 시작했다.

"우리가 너무 시끄러웠나."

소시민이 머리를 긁적였다. 그때 정아가 빠른 걸음으로 다가왔다.

"이번엔 트랙터래. 트랙터를 밀 거래."

그 와중에도 사람들이 자리를 뜨고 있었다.

"트랙터? 그게 가능해?"

유익표가 그동안 밀었던 차는 소형차였다.

"나는 리어카밖에 안 됐는데⋯⋯."

소시민이 펜을 잡고 있는 자기의 검지를 살폈다.

"검지도 사람 차별하나."

소시민이 중얼거렸다.

"볼 거야? 나는 별로⋯⋯."

내 말이 끝나기도 전에 소시민은 문 앞에 가 있었다. 순간 이동 능력이라도 생긴 줄 알았다.

소시민이 자유 열람실을 나갔다. 나도 어쩔 수 없이 소시민을 따라나섰다.

도서관에 트랙터가 있을까 반신반의하며 나갔는데 후문 앞에 트랙터 한 대가 서 있었다. 맞은편에 상가 건물을 철거하는 중이었다.

트랙터 앞에서 유익표가 마치 세계를 구하는 히어로라도 된 양 비장한 표정으로 서 있었고, 그 앞엔 핸드폰을 든 사람들이 몰려 있었다. 내 또래 아이들만이 아니라 도서관에 책을 보러 온 중장년 어른들과 할머니, 할아버지도 보였다.
"잠깐, 잠깐. 아직 시작하지 마세요."
유익표가 오른팔을 번쩍 든 채 검지를 펴자 사람들이 웅성거렸다. 힐끗 보니 뽈테도 있었다.
"저 자리, 내 건데."
소시민이 씩씩거리면서 중얼거렸다.
"이제 시작할게요."
유익표가 말했다. 더는 잠깐이라는 소리가 들리지 않았다.
트랙터를 바로 밀 줄 알았는데 유익표가 갑자기 두 손을 맞잡았다. 고개를 숙인 채 중얼거렸다.
"쟤 교회 다녀?"
소시민이 고개를 저었다.
"왜 저러는 거야?"
"그래야 더 주목받잖아."
내가 유익표의 행동을 한심해하는 것과 달리, 소시민은 감탄하고 있었다. 기도를 마친 유익표는 드디어 오른팔을 번쩍 들어 올렸다. 그러곤 주먹 쥔 손에서 검지를 펼쳤다. 저런 모습을 어디서 본 적이 있는데……. 머릿속에서 딩동 종소리가 울렸다. 소시민 병문안 갔을 때 뉴스에서 봤다. 미국 대선 후보

중에 한 사람이 세계를 구하겠다고 말할 때의 자세와 똑같았다. 물론 유익표는 그저 트랙터를 검지의 힘으로 밀겠다고 했을 뿐이었지만.

유익표가 만약 검지의 힘으로 세계를 구하겠다고 말했다면 어땠을까? 다들 웃어넘겼을 것이다. 그러나 미국 대통령 후보가 검지를 들어 올린 채 세계를 구한다고 하면 뉴스가 된다.

"뭐야? 또 뭐 하는 거야?"

바로 시작할 줄 알았는데 이번엔 무릎을 꿇었다. 그러자 뒤에서 웅성웅성하는 소리가 들렸다.

"그냥 하자아."

"나 학원 가야 된단 말이야."

"벌써 30분이나 지났어."

"쟤 못 미는 거 아니야?"

민심이 요동쳤다. 서바이벌 프로그램에서도 우승자를 뽑기 전 60초만 뜸을 들이는데 벌써 30분째였다. 이번에도 안 하면 폭동이 일어날 분위기였다. 유익표가 마지못해 무릎을 펴고 일어섰다. 드디어 미는구나, 생각하며 고개를 돌리다 뿔테와 눈이 마주쳤다. 나도 모르게 입꼬리를 올리면서 어색한 미소를 지었다. 뿔테가 여전히 무표정한 얼굴로 나를 봤다.

"이번엔 진짜 하나 봐."

소시민이 나를 툭 쳤다. 유익표가 드디어 트랙터에 검지를 댔다. 자신보다 세 배는 더 무거워 보이는 트랙터를 유익표는 검지 하나로 상대하고 있었다. 거대한 고철 덩어리와 고작 뼈와 살로 이루어진 인간의 대비가, 마치 골리앗에 맞서는 다윗처럼 보였다. 그 정도로 유익표의 표정이 비장했다. 띠링띠링 찰칵찰칵 소리가 여기저기서 들렸다.

"왜 안 밀어? 못 미는 거 아니야?"

유익표는 검지를 대고만 있을 뿐 밀지 못했다. 트랙터는 소형차와는 다르다. 유익표에게 그 정도의 힘은 없을지도 모른다. 고개를 돌리니 소시민이 입꼬리를 살짝 올리고 있었다.

"하긴, 설마 트랙터를 밀겠어?"

"그렇게 좋아?"

소시민은 행복해 보였다.

"어? 어?"

"움직였어? 봤어?"

"움직였나?"

수런대는 소리가 들렸다. 트랙터가 밀렸다고 말하기엔 부족하고, 움찔했다고 할 정도로만 움직였다. 집중해서 보지 않으면 못 봤을 법했다. 몇몇 애들이 동영상을 돌려 보고 나서야 움직였다고 말했다.

"이게 다야? 더는 못 밀어?"

"하, 연습 좀 해야겠는데."

유익표가 두 손을 맞잡은 상태로 오른손과 왼손을 번갈아 꺾고 하늘 위로 번쩍 들었다.

"모레까지 공사한다니까, 모레 이 시간에 모여."

트랙터가 꼼짝도 안 했으면 다들 속았다고 하겠지만 트랙터는 조금이라도 움직이긴 했다. 유익표가 끝을 선언하자, 아이들이 웅성거리면서도 자리를 파했다.

"쟤, 밀 수 있어."

소시민이 말했다.

"더 주목받으려고 일부러 조금만 민 거야."

돌아가는 아이들 중에 뿔테도 있었다.

"야, 돈 있냐? 우리 햄버거 사 먹을까?"

녹색 폴로 티셔츠를 입은 애가 뿔테의 어깨에 팔을 둘렀다. 뿔테가 팔을 뿌리쳤다. 그러나 폴로 티셔츠는 아랑곳하지 않고 어깨에 팔을 다시 둘렀다.

"친구끼리 왜 그래."

폴로 티셔츠와 무리들이 뿔테를 끌고 도서관이 아니라 뒤쪽으로 갔다. 햄버거 가게가 있는 방향이었다.

"하지 마. 하지 말라고."

뿔테가 팔을 뿌리치려고 했지만 폴로 티셔츠는 뿔테의 머리통을 완전히 감싸고 있었다. 깔깔거리는 웃음소리가 들렸다.

"햄버거 하나 먹자는데 뭘 하지 마. 애가 정이 없어, 정이."

폴로 티셔츠가 어깨를 감싼 손 말고 다른 손으로 뿔테의 뺨을 살짝 때렸다. 장난인가? 싶을 정도로 살짝. 주위를 두리번거리곤 다시 뿔테의 뺨을 찰싹 소리가 나게 때렸다. 한 대, 두

대, 세 대, 네 대. 골목으로 완전히 접어들어 뒷모습이 보이지 않게 된 후에도 소리가 귓가에 들리는 것만 같았다.

나한테 힘이 있었으면 좋겠어.

어디선가 남해일의 목소리가 들려왔다. 늘 나를 쫓아다니는 목소리가. 목소리는 보이지도 않고 사라지지도 않는다. 마치 그림자처럼…….
"솔직히 말해. 너 트랙터 밀 수 있는데 안 민 거지? 더 주목 받으려고?"
소시민이 유익표를 노려보면서 말했다.
"그게 바로 쇼 비즈니스라는 거야. 급할 거 없잖아."
유익표가 의기양양하게 대답했다. 평소 같으면 퉁을 줬겠지만 무릎에 힘이 풀려 주저앉았다.
"앤 왜 얼굴이 하얗게 질렸어?"
"괜찮아?"
유익표와 소시민이 양쪽 팔을 잡았다. 마치 경찰에 체포된 사람 같았다. 팔을 뿌리치자 유익표와 소시민이 휘청거렸다.
"네가 트랙터 밀어라."
"가능함."
유익표의 말에 소시민이 대답했다. 유익표와 소시민의 이마로 검지를 가져갔다. 닿기도 전에 둘이 어어어, 하면서 나자빠졌다.

"솔직히 닿지도 않았거든?"

둘이 병원비 안 주면 경찰서에 신고하겠다면서 내 뒤를 졸졸 쫓아왔다.

*

도서관에서 가방을 챙겨서 나왔다. 저녁 7시가 지나는데도 하늘이 환했다. 8시가 돼도 해가 지지 않을까 봐 겁이 났다.

뿔테는 내가 도서관을 나올 때까지 돌아오지 않았다. 도서관 현관을 지나 정문을 나오는데 아는 얼굴이 보였다. 뿔테였다. 나도 모르게 손을 들었다 내렸다. 뿔테는 반응이 없었다.

누군가 따라오는 느낌이 들었다. 설마, 하는 마음으로 고개를 돌리자 역시나 뿔테였다. 무시하고 다시 걸었다. 탁탁탁탁. 내 발걸음 소리에 맞춰 뿔테의 발걸음 소리가 들렸다. 내가 걸음을 멈추면 뿔테의 발걸음 소리도 들리지 않았다.

아파트 입구에 들어서자 뒤에서 따라오는 발소리가 멈췄다. 고개를 돌리니 뿔테가 무표정한 얼굴로 나를 바라보고 있었다.

"왜?"

"너야말로 왜?"

뿔테가 되물었다.

"내가 물었잖아. 왜 자꾸 따라와."

"왜 자꾸 쳐다보는데."

"내가?"

뽈테가 고개를 끄덕였다. 그건 사실이었다. 나도 모르게 자꾸 뽈테에게 눈이 갔다.

"……닮아서. 내 친구랑."

"걔도 병신 같았냐?"

"그런 말 한 적 없어."

뽈테의 안경알이 햇빛에 반사돼 내 눈을 찔렀다. 그때도 칼날이 햇빛에 반사돼서 지금처럼 내 눈을 찔렀었다.

"유익표가 네 친구야?"

"네가 걜 어떻게."

여기까지 말하다 입을 다물었다. 유익표는 스타였고 히어로였다. 다른 말로 인플루언서이자 인기 유튜버였다. 충분히 알 만했다.

"걔랑 대화하는 거 몇 번 봤어."

"너도 걔 팬이야?"

"부러워서. 나도."

뽈테가 주먹 쥔 오른손을 들더니 검지를 폈다.

"……좋을 것 같아서."

나는 정아나 소시민, 영인에게 힘을 보낼 때만큼 아니, 그때보다 더 간절히 뽈테에게 힘을 주고 싶었다.

"줄게, 그 힘."

뿔테가 입꼬리를 살짝 올린 채 피식 웃었다.
"진짜야, 거짓말 아니야."
뿔테가 이번엔 입을 활짝 벌린 채 웃었다. 뿔테가 웃는 모습을 보는데 가슴 한편이 아렸다. 남해일의 웃는 얼굴이 떠오르지 않았다.

*

유익표에게 힘을 되돌려받는 건 하늘의 별 따기보다 어렵다. 내가 일부러 지나가는 말로 '검지의 힘, 다시 돌려주면 햄버거 사 줄게.' 했더니 '검지의 힘으로 얼마나 많은 햄버거를 사 먹을 수 있는지 알아?'라는 말을 들어야 했다.
오늘은 유익표가 트랙터를 '진짜'로 밀기로 한 날이었다. 뿔테는 유익표에게, 아니 유익표가 가진 검지의 힘에 관심이 많았다. 뿔테를 포함해 많은 아이들이 이미 와서 핸드폰을 들고 있었다. 유튜버만이 아니라 방송국 카메라도 보였다. 특별한 능력이 있는 사람들을 다루는 방송 프로그램이라고 했다.
"이야, 진짜. 이런 걸 다 보네."
트랙터 기사님이 자신의 얼굴만 한 아이스 라테를 들고 유익표를 지켜보고 있었다. 플라스틱 컵에 물방울이 송골송골 맺혔다. 그럴 만도 한 게, 햇볕은 모든 걸 녹이고 있었다. 정수리에서부터 땀이 흘러내려 이마와 턱을 지나 아래로 툭툭 떨어졌다. 숨이 턱턱 막혔다.

유익표는 또 길고 긴 의식을 치르기 시작했다. 아, 이 눈치 없는 놈. 검지에 힘만 좀 있는 놈. 조금 늦게 나올 걸 그랬다고 생각하고 있는데, 누군가 외쳤다.

"검지 올렸다!"

웅성거리는 소리가 나고 얼마 지나지 않아 유익표가 트랙터에 검지를 갖다 댔다. 하나, 둘, 셋.

"왜 안 밀어?"

"아 진짜 너무하네."

불만 섞인 소리가 여기저기서 들렸다. 트랙터 기사님의 아이스 라테는 이미 얼음이 사라진 지 오래였다.

"장난해? 그냥 해라 쫌."

나도 한마디 할까 하는데 유익표의 표정이 심상치 않았다. 얼굴이 붉게 달아올라 있었고, 땀이 비정상이라고 느낄 만큼 흘러내렸다. 땀에 젖은 티셔츠가 짙은 색으로 변했고, 머리카락은 얼굴에 미역처럼 달라붙어 있었다. 나는 소시민과 함께 유익표에게 다가갔다. 핸드폰을 든 사람들을 제치고 앞으로 나가기까지 시간이 걸렸지만 친구예요, 라는 말이 효과가 있었다.

트랙터 앞에 당도해서 유익표의 이마를 손으로 짚었다. 이마가 불덩이 같았다.

"어디 아파? 감기야?"

유익표가 눈을 게슴츠레 뜬 채 고개를 끄덕이다가 그대로 내 품에 안겼다.

"뭐야아!"

"둘이 뭐 하는 거야?"

난감한 건 유튜버들이나 방송국 카메라맨만이 아니었다. 트랙터 앞에선 유익표가 다윗이었지만, 유익표 앞에선 내가 다윗이었다. 내 키는 158센티미터밖에 되지 않는다. 180센티미터가 훌쩍 넘는 유익표가 내 품에 안겨 색색 거친 숨을 내쉬었다.

유익표 땀과 내 땀이 합쳐져 머리를 아프게 할 만큼 고약한 냄새를 풍겼다. 현기증이 나서 몸을 휘청였는데 누군가 나를 받았다. 고개를 돌리니 뿔테였다. 유익표와 나, 뿔테와 소시민이 서로 엉겨 붙어 땀을 줄줄 흘렸고 그사이 핸드폰을 든 시민들과 유튜버들, 방송국 카메라맨들이 뿔뿔이 흩어졌다. 두근거리는 마음으로 상자를 열었는데 다 먹은 빵 봉지만 있는 걸 보고 실망한 사람 같은 얼굴들이었다.

실패한 영웅에게 스포트라이트는 사치일 뿐이다.

무엇보다 땀 냄새에 질식할 것 같았다. 지옥이 있다면 여기가 아닐까.

*

오랜만에 소시민네 편의점에 나, 유익표, 소시민, 정아까지 넷이 모였다.

역시 여름엔 편의점이 최고다. 에어컨이 세다 못해 몸이 달달 떨릴 지경이었다. 미리 준비해 온 가디건을 입고 따뜻한 캔커피를 마시고 있자니 편의점을 나가고 싶지 않았다.

유익표는 SNS 계정을 없앴다. 사기꾼이라는 악플은 애교 수준이었다. 기어코 초등학생 시절 친구의 아이스크림을 뺏어 먹은 일이 올라오기 시작했다. 유익표가 살면서 무심코 했던 모든 행동에 의미가 부여됐다. '원래 그런 애'였다는 걸로 시작해서 허언증에 도벽까지 있다는 댓글이 달렸다.

"방학이라서 다행이지 아님 나 학교 무단결석했을 거야."

유익표의 검지엔 흰색 붕대가 둘둘 감겨 있었다.

"소형차까지는 쉽게 됐어. 중형차부터는 좀 힘들었거든? 근데 노력하니까 되는 거야. 와, 신기하더라."

유익표가 미는 물건의 무게가 무거워질수록 아이들의 박수 소리가 커졌다. 유익표는 도무지 멈출 수가 없었다. 박수 소리는 마약과 같다고 했다. 그러다 누군가 도서관 앞의 트랙터를 밀어 보라고 했을 땐 덜컥 겁이 났지만 '못 해'라는 말이 나오지 않았다고.

"그럼 너 일부러 시간 끈 게 아니라 무서웠던 거야?"

소시민의 질문에 유익표가 순순히 고개를 끄덕였다. 소시민은 미소를 숨기지 못했다. 고개를 숙인 채 어깨를 들썩이며 웃다가 일순 정색했다.

"너 기쁘지?"

소시민이 고개를 저었다. 난 안다. 소시민이 얼마나 기쁜지. 원래 미국에 영웅이 산다고 하면 부러움조차 갖지 못하는 법이지만 대한민국 인천, 같은 공간에서 수업을 듣는 친구가 영웅이라고 하면 화가 나는 법이다. 경외감과 질투는 다른 법이니까.

"이거 검지, 얘 왜 이렇게 애매해?"

유익표가 나한테 붕대를 감은 검지로 삿대질을 했다.

"그러니까 내가 돌려달라고 했지? 그리고 너 과대망상 있는 것 같은데, 이제 네 얘기도 거의 없어."

유익표 이야기는 인터넷에서 빠르게 사라졌다. 비록 검지는 아니지만, 한 팔로 트랙터를 미는 애가 나타났기 때문이다.

"2학기 시작하면 네 얘기 아무도 안 해. 대한민국이 얼마나 버라이어티한 줄 알아? 하루에 사건이 열두 개씩 일어나. 검지로 트랙터 민다고 했다가 못 민 건 이야기 축에도 못 들어."

유익표가 눈을 내리깔았다. 분해 보이기도 했고 시무룩해 보이기도 했다.

"내 말은, 창피해할 필요 없다고. 그러니까 그냥 얼굴 들고 다녀. 그리고 그 힘, 다시 돌려줘."

"너 이거 귀찮아했잖아. 근데 저번부터 왜 그렇게 돌려달라는 거야."

"그 힘이 진짜 필요한 애가 있거든."

"누군데?"

나는 고개를 저었다.

"비밀이야."

"꼭 필요한 거야?"

"누구보다."

유익표가 낙심한 목소리로 말했다.

"가져."

"순순히?"

"처음엔 책상, 그다음엔 소형차, 이후에는 중형차, 이젠 트랙터. 혹시나 내가 열심히 연마해서 트랙터를 민다고 쳐. 그럼 그다음은 뭐겠어?"

유익표가 고개를 절레절레 흔들었다.

"무슨 초등학교 다음 중학교, 중학교 다음 고등학교도 아니고. 그 테스트에 내가 왜 통과해야 하는데?"

유익표가 붕대 감은 검지로 삿대질을 하며 말했다.

"증명 같은 거 안 해."

유익표가 검지의 힘을 쓰게 되자 많은 사람들이 관심을 보였다. 그러나 관심의 주기는 무척 짧았다. 점점 더 강한 힘을 보여 주지 않으면 관심을 유지할 수 없다는 걸 유익표는 알게 된 것이다. 자신을 증명하는 데 쓸데없는 에너지를 낭비할 필요가 있을까? 물론 칭찬받고, 인정받고 싶지만 그게 내 인생의 전부는 아니니까.

"근데 너 진짜 보낸 거 맞아?"

유익표가 한숨을 내쉬었다.

"조금 아깝다고 생각하긴 했어."

"진심으로 보내. 그래야 온다고."

유익표가 입을 쭉 내밀었다. 소시민도 옆에서 한숨을 푹 내쉬었다. 둘을 보자니 자꾸 웃음이 새어 나왔다. 검지의 힘은 왜 나에게로 와서 이들에게로 갔을까. 언젠가 나이가 들어, 내 열일곱 살 여름을 떠올리면 알 수 있을까.

"조심해!"

정아가 나에게 말했다. 볼펜이 기울어지고 있었다. 드디어, 힘이 돌아왔다.

*

유익표는 아침에 일어나 동네 순찰을 하고 편의점에 들러서 소시민을 약 올린다. 정아는 동네 백수 삼촌 같다고 했고, 나는 그냥 유익표답다고 생각했다.

"이것도."

내가 도서관 가는 길에 마실 차가운 캔 커피를 계산대에 놓자 유익표가 껌 한 통을 내밀었다.

"내가 왜?"

유익표가 눈을 내리깔고 내 검지를 봤다.

"알았어."

캔 커피와 껌을 계산하고 편의점을 나왔다. 다음에 누군가 나에게 초능력을 준다면 순간 이동 능력을 줬으면 좋겠다고 생각하면서. 편의점에서 도서관까지 가는 길은 걸어서 20분 걸린다. 도서관에 도착할 때가 되면 이미 공부를 다 한 기분마저 든다.

"물어볼 게 있어."

유익표가 풍선껌을 불었다. 풍선이 점점 커지다 톡 터졌다. 껌이 유익표의 입 주변에 달라 붙었다.

"검지의 힘, 왜 순순히 준 거야?"

유익표가 입 주변에 달라 붙은 껌을 혓바닥으로 수거했다. 더러워. 유익표가 다시 바람을 불어 넣어 풍선껌을 만들었다. 껌이 점점 부풀어 오르다가 푸시시 소리를 내며 터졌다.

"엄마가 내가 있는 곳을 모른다고 생각했어."

유익표가 껌을 입술에 덕지덕지 붙인 채 덤덤히 말했다.

"내가 어딨는지 알게 되면, 찾아올 거라고 믿었어."

유익표가 다시 껌을 모아 혀로 공간을 만들고 풍선을 후, 불었다.

"이미 알고 있었어. 그 여자는 안 와. 절대로 안 와. 그걸 알게 됐어."

이번엔 풍선이 더 크게 부풀었다. 유익표의 코가 보이지 않을 정도로. 파악. 풍선이 터졌다.

"다 왔어. 이따 데리러 올게."

"네가 왜?"

유익표가 내 등을 떠밀었다. 어쩌면 유익표가 반에서 가장 유심히 관찰한 사람은 내가 아닐까.

유익표가 대답 없이 도서관을 빠져나갔다.

자유 열람실에 들어서자 뿔테가 보였다.

뿔테는 언제나 도서관에 있었다. 그리고 그 무리들도 언제나 뿔테를 보러 도서관에 왔다. 나는 뿔테가 앉은 자리로 가서 나무 책상을 검지로 톡톡 쳤다. 뿔테와 무리가 고개를 들었다. 나는 검지로 휴게실을 가리켰다. 뿔테가 자리에서 일어서자 무리들도 따라 일어섰다.

뿔테와 휴게실로 가려다가 무리를 피해 식물 카페로 향했다. 식물과 함께 안개꽃이 보였다. 여름은 식물을 자라게 한다. 생각해 보면 나도 항상 여름에 자랐던 것 같다. 햇볕이 정수리를 집요하게 내리쬐다 못해 숨 막히는 순간이 지나고 나면 나는 숨을 잘 쉬는 사람이 되어 있었다.

"너, 그 힘 정말 갖고 싶어?"

뿔테가 고개를 갸우뚱하다가 아하, 했다. 이미 땀은 다 마른 상태였는데도 뿔테가 손으로 이마를 닦았다.

"힘 있으면 좋지. 내가 만약에 마동석 같아 봐? 쟤들이 그러겠어."

"그럼 나한테 달라고 해 봐."

"뭘?"

"힘을."

뿔테가 고개를 하늘로 들고 몸을 제치면서 하하, 소리 나게 웃었다. 본 중에 가장 밝은 표정이었다.

"농담하는 거 아니야. 주세요, 해 봐. 아니 줘, 해 봐."

"그래 줘, 줘 봐."

뿔테가 웃는 와중에도 한숨을 내쉬면서 말했다. 내 말을 믿기보단 어디까지나 장단 한 번 맞춰 준다, 라는 의미였다.

"그래 줄게."

나는 진지하게 답했다.

뿔테가 복숭아 맛 아이스티가 담긴 유리잔을 들었다. 창문으로 들어온 햇살에 유리잔이 반짝였다. 마치 시린 겨울 바다에 반짝이는 윤슬 같았다. 잔물결이 허공을 수놓았다.

"힘을 줘 봐."

"무슨 힘?"

"유리잔 든 손에."

"이렇게? 아, 아아아. 이게 뭐야?"

유리잔이 깨지면서 파편이 바닥에 떨어졌다. 햇살에 물결이 반짝이듯 카페에 빛이 가득했다.

"네가 앞으로 조심해야 할 건 그 무리들이 아니라 바로 검지의 힘이야. 조심해, 너."

뿔테가 더는 말을 하지 못했다.
뿔테의 이름은 김별이었다.

*

영인은 방학 때도 학원에 다닌다고 했다. 유익표는 앞으론 공부로 주목받겠다고 열의에 차 있었지만 이내 도서관엔 코빼기도 내밀지 않았다. 소시민은 공무원에서 편의점 주인으로 꿈을 바꿨고, 나만 여전히 도서관을 다닌다.

물론 공부하는 대신 책을 읽는다. 책에선 별의별 일이 다 일어나서 내가 겪은 일들은 아무것도 아닌 것처럼 느껴진다. 외계인이 지구를 침공해 오는 일도 있는데 내가 친구랑 싸우고 화해하는 게 뭐가 어떻다고. 그러나 한편으론 외계인이 지구를 침공해 오면 그렇구나 하겠지만, 영인이 나에게 거짓말을 하고 비밀을 만드는 건 참을 수가 없다. 외계인이 지구를 침공해 오면 외계인에게 꺼지라고 하겠지만, 영인이 나에게 비밀을 만들면 눈물을 뚝뚝 흘릴 것이다.

"아이 씨, 그만 좀 해. 도대체 나한테 왜 그래? 내가 뭘 잘못했다고!"

김별이 문제집을 바닥에 내팽개쳤다. 깜짝 놀라서 주위를 보니, 사서를 포함한 대부분의 사람들이 김별을 지켜보고 있었다. 자유 열람실은 만석이었다.

"왜 그래, 친구끼리."

무리들은 재미있는 구경거리가 났다는 듯 웃으면서 말했다. 우아 남자다, 이런 말도 들려왔다. 남해일이 떠올랐다. 그때도 남해일만 소리를 질렀다. 우리는 드라마를 보듯이 남해일을 지켜봤다. 남의 일인 양.

김별의 책상에 놓인 필통이 눈에 들어왔다. 필통에는 뭐가 들어 있을까.

김별이 주위를 두리번거렸다. 김별이 필통에 손을 가져갈까 봐 가슴이 두근거렸다. 안 돼. 다치는 건 너야. 김별이 오른손을 책상으로 가져가는 순간, 나는 자리에서 벌떡 일어났다.

"김별, 김별!"

나는 김별을 불렀다.

"검지, 검지의 힘이 있잖아."

김별이 검지의 힘을 까먹었을까 봐 걱정됐다. 너에겐 이제 검지의 힘이 있다고, 그러니 스스로 지킬 수 있다고 말해 주고 싶었다.

김별이 어깨를 축 늘어뜨린 채 고개를 떨궜다.

소시민이 보던 심리학 책이 떠올랐다. 코끼리 사슬 증후군. 서커스에서 훈련받는 코끼리는 어릴 때 한쪽 다리를 강한 사슬에 묶고, 이를 단단한 말뚝에 고정한다. 어린 코끼리는 사슬에서 벗어나기 위해 여러 번 시도하지만 결국 자신의 힘으로 움직일 수 없다는 것을 깨닫고 포기한다. 시간이 흘러 코끼리가 성장해 엄청난 힘을 가지게 되어도, 더 이상 강력한 사슬이 필요하지 않다. 조련사는 얇은 밧줄과 작은 말뚝만으로도 코끼리를 묶어 둘 수 있다. 코끼리의 과거 경험 때문이다.

"쟨 뭐야. 병신도 아니고."

녹색 폴로 티셔츠였다. 지금 입은 티셔츠는 그때와 달리 파란색이었지만, 남을 깔보는 목소리 톤으로 알 수 있었다.

"검지가 뭐? 어쩌라고."

파란 티셔츠가 자리에서 일어서서 나에게 다가왔다. 설마 날 때리겠어, 생각하면서도 몸이 움츠러들었다. 덩치와 기세에 압도되었다.

"뭐? 뭘?"

나는 턱을 치켜들었다.

나에겐 검지의 힘이 없다. 뿔테에게 줬기 때문이다.

괜히 준 걸까?

파란 티셔츠가 코앞까지 다가왔다.

"다시 말해 봐. 검지가 뭐?"

파란 티셔츠가 내 어깨에 손을 올렸다. 나는 눈을 꼭 감았다.

빠지직. 쿠우웅쾅.

자유 열람실에 큰 소리가 울렸다. 주변의 소리를 다 빨아들일 만큼 큰 소리였다. 부딪치는 소리가 시멘트 바닥을 타고 귓가를 때렸다. 나무 책상이 두 동강이 나고, 책과 문제집, 필통이 바닥에 나뒹굴고 있었다.

파란 티셔츠와 무리들, 나와 열람실에 있던 사람들의 시선이 김별에게로, 김별의 검지로 모여들었다.

"뭐야?"

김별이 검지를 들어 올렸다. 곧이어 검지와 두 동강 난 책상을 번갈아 봤다. 믿기지 않겠지? 그래, 그게 너의 힘이야.

"내가, 내가."

나는 김별을 향해 고개를 끄덕였다. 김별이 천천히 미소를 지었다.

파란 티셔츠가 두 동강 난 책상과 김별의 검지를 번갈아 보더니 머리를 흔들었다. 믿을 수 없다는 듯이……. 별것도 아닌 게. 나는 파란 티셔츠를 향해 조소를 날렸다. 뒷감당은 김별이 해 줄 테니까.

김별이 검지로 파란 티셔츠를 가리켰다. 그러곤 검지를 몇 번 흔들더니 활짝 웃었다. 김별은 스스로 쇠사슬을 끊어 버렸다. 애초에 쇠사슬은 없었는지도 모른다. 있다고 생각했을 뿐.

살짝 열린 창문 틈으로 여름바람이 살랑살랑 꼬리를 흔들며 들어왔다. 천천히 눈을 감았다. 아, 시원하다.

6. 검지의 힘을 너에게

연하지

해일아, 안녕. 잘 지내?

나는 긴 여름을 지나고 있어.

마치 끝나지 않을 것처럼 느껴져서 가끔은 강렬한 햇살이 두렵게 느껴지기도 해. 그러다 해가 지고 어스름해질 때면 안도의 한숨이 나와. 해가 지긴 하는구나, 여름은 지나가는구나.

너를 생각하면 자꾸 그때 일이 떠올라.

아니, 그때 일 때문에 네 생각을 떨치지 못하는 것일 수도 있고.

국어 조별 과제 시간이었어.

다른 애들은 뺀질뺀질 빠지고 너와 나만 남았잖아.

자료 조사는 누가 하고 발표는 누가 할지 이야기를 나누다가, 네가 대뜸 학교 오는 게 무섭다고 했어. 이어서 이렇게 말했어.

나한테 힘이 있었으면 좋겠어.

나는 어색하게 웃으면서 누군 학교 오고 싶어서 오냐고, 나도 오기 싫다고 했어.

네가 하는 말이 어떤 뜻인지 알면서도 말이야.

솔직히 좀 난감했어.

사람 불편하게 왜 그런 이야기를 하는 거야. 너 때문에 마음이 불편하잖아. 속으로 투덜거렸어.

그리고 그 일이 벌어졌어……

조별 과제 할 때 ppt를 주고받았던 메일이 남아 있더라.

호주로 갔다는 이야기는 들었어.

잘 지내니?

힘은 생겼어?

나는 힘이 생겼어.

그 힘을 너에게 줄 수 있었다면 얼마나 좋았을까?

만약 아직도 힘이 필요하다면 나한테 말해.

내가 줄게.

장난으로 하는 말이 아니야. 진심이야.

너의 여름은 이미 지나갔기를 바랄게.

—연하지가.

*

　보내기 버튼만 누르면 되는데 검지에 힘이 들어가지 않았다. 내 검지는 누구의 검지보다 힘이 센데, 보내기 버튼을 누를 용기가 없었다. 나는 유익표가 트랙터를 밀 때의 마음으로, 김별이 책상을 두 동강 낼 때의 마음으로 마우스에 손을 가져갔다.
　검지야, 너의 힘을 보여 줘!

작가의 말

    교정지를 보다가 불현듯 작가의 말에 '이런 이야기'를 적어야겠다는 생각이 들었다. 꽤 강렬해서 몇 번이나 다짐도 했다. 적어 둘까 하다가 설마 이걸 잊겠냐는 생각에 적지 않았다. 그렇다. 잊었다는 이야기를 하기 위해 긴 이야기를 적었다. 도무지 생각나지 않는다. 무슨 이야기였을까? 당시에는 온몸이 흔들릴 정도의 강렬한 생각이었는데 어느새 사라져 버렸다. 시간은 흐르고 기억은 흐릿해진다. 그래서 싫다기보다는 좋다. 망각만큼 좋은 약이 있을까.

    좋은 일이든 나쁜 일이든 지나간다. 당연하게도 유년 시절 또한 그렇다. 원하든 원치 않든, 영원히 청소년인 아이들은 없다. 나는 언제나 청소년 시기가 얼른 지나가 버리길 바라는 아이였다. 행복하지 않았다. 늘 불안했고 한편으론 지루했다. 청소년 시기를 한참 전에 지났는데도 여전히 그때를 복기하며 글을 쓴다. 청소년기가 특별히 행복하지도 않았는데 나는 왜 그 시기를 움켜쥐고 놓아주지 못하는 걸까? 앞에서 시간은 흐르고 망각은 가장 좋은 약이라고 했는데, 바로 뒷 문단에서는 아직도 나는 청소년기에 사로잡혀 있다고 썼다. 나는 왜 이 모양일까.

    그런데 둘 다 사실이다.

나는 청소년 시기에 나를 힘들게 했던 구체적인 사건이나 감정들을 정확하게 기억하지 못한다. 그래서 지금 회상하는 청소년 시기는 실제 내가 겪은 일과 미묘하게 다를 가능성이 크다. 글을 쓰는 과정은 이미 벌어진 사건을 살피고 탐구하고 파헤치는 과정이기도 하다. 내가 이미 흘려보낸 그 시기를 다시 면밀하게 살피고 의미를 부여한다. 나는 왜 그렇게 삶이 지긋지긋했을까?

단언컨대 나는 취업과 결혼, 출산과 육아를 포함한 수많은 일을 겪은 지금보다, 청소년 시기에 삶이 더 지긋지긋했다. 그래서 지금 청소년 시기를 겪는 친구들을 보면 (그들이 행복할 수도 있을 텐데도) 안쓰럽다. 속으로 묻는다. 너희는, 그 많은 시간들을 어떻게 감당하고 있니?

이 소설은 앤솔러지에서 시작했다. 원고 작업을 하는 도중에 하지와 친구들의 이야기를 더 해야만 한다는('하고 싶다'가 아니라 '해야만 한다'였다) 생각에 사로잡혔다. 만약 이대로 마무리 짓고 나면 내 마음에 하지가 남아 두고두고 괴롭힐 것만 같았다. (내가 만든 인물들은 종종 나를 찾아와 따지고 화를 낸다. 어쩔 수가 없었어, 라고 말해도 소용이 없다. 잘못을 바로잡기 전에는 결코 돌아가지 않는다.) 그래서 어쩔 수 없이 출판사엔 다른 원고를 보내고 하지의 이야기를 쓰기 시작했다. 마지막에 하지가 해일이에게 보내는 메일을 쓰고 나서야 내가 왜 엄지도 주먹도 아닌 고작해야 검지의 힘이 세진 아이들의 이야기를 쓰게 됐는지 깨달았다. 서로를 일으켜 주는 덴 큰 힘이 필요하지 않다. 검지의 힘 정도만 있다면 우리는 서로를 좀 더 보듬고 아낄 수 있다는 말을 하고 싶었던 것 같다.

　무해한 인물들이 나오는 이야기가 좋은 이야기의 조건이라고 생각하지 않는다. 파격적이고 거친 인물들이 글자 사이를 뚫고 나올 때의 쾌감이란 얼마나 대단한가. 그러나 이번에는 무해한 인물들이 나오는 무해한 이야기를 쓰고 싶었다. 몸과 마음이 고단했기 때문이다. 그리고 실제 흘러온 과거를 더듬어 보니 뾰족한 손톱으로 나를 할퀴고 큰소리로 욕하던 사람보다는 다정히 검지의 힘을 빌려준 친구들이 더 많았다는 걸 깨달았다. 목소리 큰 사람이 이긴다고, 내 기억에서조차 그런 사람들이 먼저 튀어나온 것이다.
　그러나 차분히 인내심을 가지고 살펴보니 나는 많은 사람들의 다정함에 빚지고 있었다. 남에게 욕 한마디 못하는 사람. 맞을지언정 때리지는 못하는 사람. 다른 사람이 언성을 높이면 몸이 먼저 움츠러드는 사람. 남에게 피해를 줬다고 생각하면 잠을 못 이루는 사람. 친구의 얼룩덜룩한 마음을 먼저 살피는 사람. 나와 너는 싸워 죽이는 관계가 아니라 어깨동무하고 함께 걸어가야 하는 사이란 걸 아는 사람. 그런 사람들이 나의 삶의 대부분을 채워 주었다.
　오늘도 어디서 왔는지 모를 죄책감과 상처를 안고, 남에게

앙갚음하는 대신 다른 이의 상처를 살피며 하루를 보냈을 당신에게 이 이야기를 보낸다.
    시간은 흐르고 당신의 상처도 희미해질 것이다.

    작가의 말에 꼭 써야겠다고 다짐했던 이야기는 아직도 기억나지 않지만, 내가 하고 싶은 말은 다 한 것 같다. 이렇게 말하니 자기 말만 하는 수다쟁이 아줌마가 된 것 같다. 이러려고 작가가 됐구나. 실컷 수다 떨고 싶어서. 한여름 밤, 창문 사이로 바람이 들어온다. 살짝 벌어진 입에서는 수박 향이 새어 나오고 땀에 젖은 머리카락은 엉겨 붙은 채로 바람에 날린다. 바람이 커튼을 날리고 내 상처를 날린다.
    내일, 새로운 날이 시작될 것이다.

2025년 봄에, 이전과는 다른 여름을 기다리며
이선주

추천의 글

소설을 읽고 난 후 작은 습관이 생겼다. 종종 왼손을 펼쳐 손바닥과 손등을 주의 깊게 본다. 그리고 검지를 까닥거린다. 누군가는 작은 힘을 가지고 자신과 이웃을 구한다. 누군가는 큰 힘으로 공동체와 국가를, 나아가 세계를 망치기도 한다. 알고 보니 그 작거나 큰 힘이 다 검지에서 비롯한 것이었다. 아! 검지의 힘은 위대하구나. 검지의 힘은 발견되고, 전달되고, 전파되는 것이구나. 소설을 읽고 비로소 검지의 힘을 깨달았다. 아직 검지의 힘을 발견하지 못한 이들에게 소설의 전언이 가 닿기를 바란다. "너에겐 이제 검지의 힘이 있어. 그러니 스스로 지킬 수 있어."

― 송수연(아동청소년문학 평론가)

『검지의 힘』은 보이지 않는 힘의 가능성을 그리게 만든다. 주인공 하지가 가지고 있는 초능력은 사실 대단하지 않은, 무용한 능력일지도 모른다. 그러나 이 소설을 읽고 나면 살면서 우리에게 필요한 건 사실 딱 그만큼, 검지만큼의 힘이라는 생각에 동의하며 가뿐하게 책장을 덮게 될 것이다. 이야기 속의 인물들은 모두 쉽게 휘둘리고 쉬이 풀어진다. 지나치게 솔직하고 서투른 아이들의 모습에 자꾸만 웃음이 난다. 무더운 여름의 고난을, 낮이 가장 기나긴 '하지'와도 같은 시간을 견디며 자기들만의 방식대로 꼿꼿하게 자란다. 자란다는 건 아주 조금의 기운으로도 가능하니까.

소설 속에서 '검지의 힘'은 누구에게도 소유되지 않는다. 힘은 계속 돌고 돌다가 결국 스스로를 구하는 힘으로 나아간다. 타인을 향한 관심, 공감하는 마음에서 이어지는 작은 연대의 장면들은 이 소설을 사랑할 수밖에 없게 만든다. 이선주의 소설은 어떤 용기를 불어넣는 다정한 눈길 같다. 아픈 순간들은 언제나 찾아올 테니, 다만 덧나지 않도록 반창고를 붙여 주는 마음으로. 그러니까 청소년소설 작가가 가진 검지의 힘은 이런 게 아닐까. 충분히 실수하고, 어긋나고, 돌아볼 수 있는 시간들을 이야기로 쓰는 것. (쓴다는 행위에 있어 실제로 검지의 힘은 또 굉장히 크다!) 검지와 검지 사이로 전해지는 짜릿한 힘의 기운이, 하지와 친구들이 건넨 응원이 독자에게도 오롯이 가닿으리라 믿는다.

— 유지현(책방 사춘기 대표)